WACKENRODERS »HERZENSERGIEßUNGEN EINES KUNSTLIEBENDEN KLOSTERBRUDERS« IN IHREM VERHÄLTNIS ZU VASARI.

DR. ERNST DESSAUER

Das Werk des jungen Romantikers, den ein vorzeitiger Tod aus einer früh begonnenen, vielversprechenden literarischen Laufbahn riß, vermochte in seinen Wirkungen über den kleinen Kreis einer anteilnehmenden Freundesschar, der es ursprünglich zugedacht war, hinauszugreifen. 1797 als kleines unscheinbares Büchlein bei Unger in Berlin erschienen, den Namen des Autors, der den väterlichen Zorn fürchtete, verschweigend, eroberten sich die „Herzensergießungen" namentlich unter den ausübenden Künstlern einen größeren Leserkreis. Der Grund hierfür lag in ihrer Tendenz und in ihren Absichten. Eine Schrift, die für die Kunstbetrachtung an Stelle strengen Dogmentums die innige Gläubigkeit eines hingebenden Gemütes forderte, mußte denen in der Seele haften, deren freie Schaffenslust den Druck verzopfter Pedanterie am härtesten empfand. Da zudem sich gerade damals der Übergang zur romantischen Malerei vollzog und allmählich, besonders unter dem Eindrucke von Friedrich Schlegels epochemachenden Europa-Aufsätzen, Albrecht Dürer und Holbein so hoch in der Schätzung der Kunstliebhaber stiegen, als früher nur ein Meister der italienischen Renaissance, reifte die Welt nach und nach zum Verständnis des Ideengehaltes von Wackenroders Arbeit.

Kurz nach ihrem Erscheinen wurde die Schrift von August W. Schlegel in der Jenaer Literaturzeitung (1797, Nr. 46, S. 362) ohne Begeisterung, aber mit Wärme begrüßt. Friedrich bewies dem Anfänger sofort große Sympatie. In einem Billett an Tieck (Holtei, Briefe an Tieck, III, 311) erkundigt er sich nach Wackenroders Wohnung. Einmal ist ihm Wackenroder der „liebste aus der ganzen Kunstschule", und seiner Gewohnheit nach, stets nach dem „Zentrum" der Leute zu forschen, findet er Wackenroders Überlegenheit vor Tieck in dem größeren Reichtum des Gemütes. So durfte Tieck für seine 1814 veranstaltete Neuausgabe von Wackenroders Aufsätzen nicht geringere Teilnahme erhoffen als für die „Phantasien über die Kunst", die Nachlese von 1799. Noch uns Heutigen sind die „Herzensergießungen" von großem Werte, nicht zuletzt als beredtes Zeugnis für die Fortwirkung von Goethes Jugendaufsatz über Erwin von Steinbach in Herders Blättern „Von deutscher Art und Kunst". Hat aber ein Schriftsteller Mit- und Nachwelt Teilnahme einzuflößen vermocht, und ist ihm eine ausgeprägte Individualität eigen, so heißen wir jede Gelegenheit, tiefer in sein Wesen einzudringen, freudig willkommen. Hierzu verhilft aber ein Vergleich mit der Quelle, wo eine solche besteht, in hohem Maße. Kaum ist etwas so typisch für den Schriftsteller als die Art, wie er Gegebenes aufnimmt und verarbeitet, hier Ungeeignetes aus fremdem Schatze ablehnt, dort aus Eigenem hinzufügt. Auch für diese Skizzen, die sich meist auf der Grenzscheide von historischer Darstellung und freier Ausgestaltung bewegen, kann ja Erich Schmidts schönes Wort (Lessing[2] II, 381) in Anwendung gebracht werden: „Was ein echter Bildner an fremden Motiven aufliest, ist ein Rohstoff für den Schmelztiegel der Fantasie und muß mit Metall aus eigenem Schachte legiert werden."

Für Wackenroders „Herzensergießungen" kam in erster Reihe Vasaris große Sammlung von Biographien der ausgezeichneten Künstler des alten Italien in Betracht.

Es ist nun allerdings nur ein Teil der „Herzensergießungen", für den Vasari das Material lieferte. Wir sprechen von jenen sieben Abschnitten, die sich mit Einzelheiten aus der Geschichte, des Lebensganges oder der Werke verschiedener Künstler beschäftigen, so von Raffael, Francesco Francia, Piero di Cosimo, Michelangelo und von einigen anderen weniger bedeutenden Malern, die alle in dem Kapitel „Die Mahlerchronik" ihren Platz finden. Ein Hinweis auf Vasari findet sich dann im „Ehrengedächtnis unseres ehrwürdigen Ahnherrn, Albrecht Dürers". In einem Traumgesicht, das ihm die Maler der Vorzeit bei Betrachtung ihrer eigenen Gemälde zeigte, sah der Klosterbruder Dürer und Raffael nebeneinander stehen. Kurz darauf liest er im Vasari, daß Raffael und Dürer, wiewohl persönlich nicht bekannt, sich gegenseitig durch ihre Werke näher gekommen seien, und Raffael Dürers Arbeit mit „Wohlgefallen" angesehen und sie seiner Liebe nicht unwert geachtet habe. (Tieck, Werke, Wien 1818, IX, 78.) Das alles erzählt Vasari (Teil III, 1, S. 220) auch tatsächlich. Dürer leitete das Verhältnis ein, indem er Raffael sein Selbstporträt sandte, und Raffael beantwortete diese Gabe durch eine Reihe von Zeichnungen, die sich bei dem deutschen Meister die höchste Achtung erwarben. Nur läßt Vasari nicht in dem Maße wie Wackenroder Raffael über Dürer den Vorrang, denn von der etwas herablassenden Art der Schätzung, die Raffael nach ihm den Werken des älteren Kunstgenossen angedeihen läßt, ist dort keine Spur zu finden, er „verwundert" sich über Dürers geniale Begabung und blickt nicht mit bloßem „Wohlgefallen" auf seine Erzeugnisse.

Endlich dankt, wie noch genauer auszuführen ist, möglicherweise „der Schüler und Raffael" Vasari mit einer Anregung.

Andere Kapitel, wie „Allgemeinheit, Toleranz und Menschenliebe in der Kunst", „Von zwey wunderbaren Sprachen und deren geheimnisvollen Kraft" sind neben jenen Partien, die Tieck angehören, Fantasien in freier Gedankenfolge; die „Schilderung wie die alten deutschen Künstler gelebt haben", wo wieder Geschichtliches zutage tritt, folgt einer anderen Quelle, der Dürerbiographie von Joachim Sandrard. Aber auch in den erstgenannten Aufsätzen lassen sich hin und wieder Einzelheiten nicht aus Vasari belegen.

Die Berglinger-Aufsätze gehören zum größten Teil den „Fantasien" an; nur die Figur und die Lebensschicksale des frommen Schwärmers werden schon in den „Herzensergießungen" eingeführt.

Außer jener flüchtigen Bemerkung im „Ehrengedächtnis" nennt uns Wackenroder selbst Vasari noch viermal als Quelle, und zwar zu Francesco Francia, zu Piero di Cosimo, zu Michelangelo Buonarotti, endlich als Hauptquelle für die „Mahlerchronik". (Die entsprechenden Stellen a. a. O. S. 27, 95, 104, 116.) Ebenso verweisen auch literar-historische Darstellungen auf Vasaris Werk als maßgebendste Quelle (Haym, Romantische Schule S. 122, 130. Minor, D. N. L. CXLV, S. V der Einleitung).

Wann Wackenroders Beschäftigung mit Vasari begann, können wir vorderhand nicht ermitteln, soviel scheinen aber die Briefe, die Wackenroder, damals noch auf der Schulbank, an den fernen Jugendfreund richtete, merken zu lassen, daß Wackenroder für Musik und Poesie früher Interesse faßte, als für bildende Kunst. Wir danken den Briefen (Holtei, Briefe an Tieck, Bd. IV) eine Reihe anziehender Bemerkungen über neue Literaturerscheinungen, oder (S. 173) sehr bedeutsame Aufschlüsse über Wackenroders musikalische Empfindungsweise. Aber gerade jener Kunst, für die der Autor der „Herzensergießungen" so tiefes Verständnis zeigen sollte, ist hier noch recht selten gedacht. Daß ihm freilich der Sinn für Malerei und Plastik schon damals keineswegs mangelte, zeigen auch jene wenigen Bemerkungen. Einmal verletzte z. B. eine Statue ohne Kopf, die er im Parke gesehen hatte, sein künstlerisches Feingefühl (a. a. O. S. 183), und für seine geistige Entwicklungsgeschichte ist es nicht unwesentlich, daß er damals noch einer ziemlich einseitigen Vorliebe für die Antike huldigte. Dem Architekten Golly wird (a. a. O. S. 259) sein verzehrender Entusiasmus für griechische Simplizität nachgerühmt, und derselbe Mann, der später an verschiedenen Kunstrichtungen gerade die Verschiedenheit lobenswert fand, fürchtet durch die Betrachtung der Götter Skandinaviens den Sinn für ein sanftes griechisches Profil zu verlieren (S. 176). Er scheint damals noch wenig mit Werken der bildenden Kunst in Berührung gekommen zu sein. Die Dresdner Galerie sah er allerdings schon 1792 auf einer Durchreise, während Tieck (a. a. O. IX, S. IX) erst von dem zweiten Dresdner Besuche 1796 spricht. Wahrscheinlich dürfte erst Fiorillo, Professor an der Universität in Göttingen, der nach Tiecks Mitteilungen (a. a. O. S. IX) dem wißbegierigen jungen Studenten sehr freundlich entgegenkam, hier entscheidend gewirkt haben.

Wackenroder befestigte sein durch den Besuch Nürnbergs und der Pommersfeldischen Galerie im Bambergischen gewecktes Kunstinteresse in Vorlesungen über Kunstgeschichte, die er bei Fiorillo hörte (vgl. dessen Geschichte der zeichnenden Künste IV, 83), und exerpierte fleißig aus Büchern der Privatbibliothek seines Mentors. Zudem hegte Fiorillo für Vasari eine nicht unbedeutende Teilnahme; er war bemüht, den Chronisten von dem Vorwurfe historischer Ungenauigkeit zu reinigen. In einem Aufsatze seiner „Schriften artistischen Inhalts" erhebt er für Vasaris Verläßlichkeit seine Stimme (S. 83 ff.); in einem anderen (S. 99 ff.) führte er eine literarisch-kritische Untersuchung über die verschiedenen Ausgaben des Vasari.

Versuchen wir nun annähernd festzustellen, welche von diesen Ausgaben Wackenroder benützt haben konnte.

Eine sichere Entscheidung zu treffen ist leider unmöglich. Zwei Hauptgruppen sind hier zu unterscheiden. Die erste ist bloß durch die einzige Urausgabe (Florenz 1550) vertreten, die andere durch eine zweite, wesentlich verbesserte Ausgabe von 1568 (ebenfalls in Florenz erschienen) mit mehreren Nachdrucken; der Bologneser Ausgabe von 1647, der römischen Ausgabe (ed. Bottari) von 1759, der neuen florentinischen Ausgabe von 1767-72, endlich der Ausgabe von Siena 1797. Diese Ausgaben sind, wie Schorn (Übersetzung des Vasari I, S. IX der Einleitung) bestätigt, im Text von der Edition von 1568 nicht verschieden, sie sind nur von der römischen Ausgabe 1759 an durch historische Zusätze und Berichtigungen vermehrt. Die erste Ausgabe 1550 bezeichnet Fiorillo als eine große Seltenheit an italienischen Bibliotheken, aber doch kommt sie sogar in Deutschland vor. Die Göttinger Universitätsbibliothek, die allenfalls für Wackenroder in Betracht kommt, besitzt ein solches Exemplar, das ich selbst für diese Untersuchung benützen durfte. So hätte Wackenroder trotz Fiorillos Bemerkung die Ausgabe von 1550 seinen Aufsätzen zugrunde legen können. Eine Tatsache spricht allerdings für die Benutzung der z w e i t e n Ausgabe. Von dem von Piero di Cosimo angeordneten und für seine Eigenart so bezeichnenden Festzug, der bei Wackenroder, wie es sich von selbst versteht, keineswegs ignoriert wurde, ist in der ersten Ausgabe noch keine Rede, während er in der zweiten bereits eine recht eingehende Schilderung erhält. Ein unmittelbarer Grund dafür, daß trotz dieser Tatsache die erste Ausgabe benützt wurde, bietet sich nicht dar, denn für den größten Teil des Materials, das Wackenroder dem Vasari entlehnte, ist eine Entscheidung unmöglich, da die Angaben beider Editionen genau übereinstimmen.

Schlechter sind wir daran, wenn wir nun aus der Reihe der Drucke, die von der zweiten Ausgabe veranstaltet wurden, einen für Wackenroder als Grundlage bezeichnen wollen. Ein Kriterium können, da nun der Text unverändert bleibt, nur die Anmerkungen liefern, die von der römischen Ausgabe an das Werk begleiten. Fiorillo, an dessen Ratschläge wir doch immer denken müssen, zog die Ausgabe Bottaris der florentinischen von 1767-72 vor; er nennt (Schriften artistischen Inhalts S. 128) die Zusätze „sparsam und höchst unbedeutend" und lobt endlich die römische wegen des guten Registers und des vortrefflichen Druckes. Auch der Katalog von Tiecks Privatbibliothek verzeichnet (S. 299) nebst einer weit späteren Ausgabe (Mailand 1807-11) diese Edition. Dennoch halte ich die Benützung dieser Ausgabe für sehr unwahrscheinlich, glaube vielmehr, daß Wackenroder die florentinische oder, was noch möglicher ist, die Ausgabe von 1797, über deren Güte sich Fiorillo nicht eigentlich äußerte, vorlag.

Im Leben des Spinello (a. a. O. I, 342) erwähnt er, daß das letzte Werk des Meisters noch an der ursprünglichen Stelle zu finden sei, verwertet also eine Bemerkung, die vor der florentinischen Ausgabe nirgends, dort aber (S. 497) mit dem Beisatz „Nota della presente edizione" zu lesen ist. Ein anderer Anhaltspunkt ist leider nicht zu gewinnen.

Wer nun mit Wackenroders „Herzensergießungen" die Lebensbeschreibungen Vasaris vergleicht, darf niemals vergessen, daß beide Verfasser grundverschiedene Wege wandeln. Vasaris umfangreiches Werk schildert eingehend Punkt für Punkt Leben und Schaffen eines Künstlers nach chronologischer Reihenfolge. Wackenroder sucht sich einen oder den anderen aus der Menge heraus, der seine Teilnahme besonders weckte, um ihn entweder als Vertreter ganz bestimmter Charaktereigenschaften hinzustellen, also etwa die harmonische Verbindung von Genie und Arbeitskraft bei Lionardo, oder die Absonderlichkeiten des Piero di Cosimo zu zeigen, oder durch wunderbare Begebenheiten aus dem Leben einzelner Künstler, die Vasari biographisch vorführte, das stete Walten der Gottheit über der Kunst und ihren Jüngern deutlich zu machen. Führte er solche Anekdoten ein, so ist er nicht wie Vasari bemüht, durch Einschränkungen wie „man sagt" oder „man erzählt sich", Geschichtliches und Unverbürgtes zu scheiden, gleich apodiktisch lautet sein Bericht, mag es sich um die natürlichste Begebenheit oder die seltsamste Wundergeschichte handeln. Durch das Ganze zieht sich als roter Faden der stets wiederholte Gedanke, man dürfe sich nicht anmaßen, auf dem Wege begrifflicher Konstruktion in die Geheimnisse des Kunstschaffens eindringen zu wollen. Hierin berühren sich alle die Aufsätze oft recht verschiedenen Inhalts, während, wie auch Minor (a. a. O. S. V der Einleitung) hervorhebt, die „Herzensergießungen" als eigentlich theoretische Schrift nicht bezeichnet werden können. Wackenroder sieht im Gegenteil die rationalistischen Ästhetiker in schwere Widersprüche verwickelt, da sie doch selbst die künstlerische Eingebung dem Dunklen und Geheimnisvollen zuwiesen und doch glaubten, das „Wie" zu wissen: „denn es scheint, als würden sie sich schämen; wenn irgend etwas in der Seele des Menschen versteckt und verborgen liegen sollte, worüber sie wißbegierigen jungen Leuten nicht Auskunft geben könnten" (a. a. O. S. 12).

Eigentliche Biographien zu schreiben, lag Wackenroder fern, wo er dazu Ansätze macht, wie bei Francesco Francia, entlehnt er dem Vasari nur die wesentlichsten Hauptpunkte des Lebens und vermeidet es durchaus, unbedeutende oder mit dem Zweck des Kapitels außer Zusammenhang stehende Werke, die Vasari als gewissenhafter Chronist anführt und beschreibt, seiner Charakteristik einzufügen. Einzelne Kunstwerke werden bei Wackenroder überhaupt selten näher gewürdigt, bei Lionardo z. B. erwähnt er das „Heilige Abendmahl", da es das berühmteste Gemälde des Meisters sei, und bezeichnenderweise wird das Porträt der schönen Monna Lisa nur einer feinen Intelligenzprobe wegen, die Lionardo bei der Arbeit ablegte, besprochen. Auch läßt sich Wackenroder in keine breiten Detailschilderungen ein, wo nicht irgend ein individueller Zug an dem betreffenden Künstler sichtbar wird. Die Festzüge, die Piero di Cosimo zur Unterhaltung der jungen Florentiner veranstaltete, werden bei Wackenroder im Gegensatze zu Vasari ganz kurz abgetan, während er aufs eifrigste bemüht ist, von jenem Maskenzuge, der nur von einem so originellen Kopfe wie Piero di Cosimo erdacht werden konnte, ein deutliches Bild zu geben. Die Tatsachen, die Wackenroder dem Vasari abborgt, versteht er immer besser zu gliedern und einzuordnen; bei Vasari kommt es nicht selten vor, daß eine Mitteilung, die früheren Berichten zuzuweisen war, erst später nachgetragen wird, ein Mangel an Übersicht, den Wackenroder namentlich in seiner Charakteristik Piero di Cosimos trefflich behoben hat.

Vasari verbirgt, den Pflichten des Historikers getreu, auch bei den hervorragendsten Meistern trotz aller Bewunderung für ihre Größe keineswegs gewisse Charakterschwächen. Wenn von den Eigentümlichkeiten der Lebensweise Piero di Cosimos die Rede ist, so scheut er sich nicht, das Benehmen dieses Künstlers mit dem einer „Bestie" zu vergleichen. Wackenroder, den seine freie Darstellungsform solcher Rücksicht auf ein historisch vollkommenes Gemälde überhob, ist nicht geneigt, irgendwie gegen die Künstler Antipatie zu erwecken, er läßt derlei Bemerkungen ganz weg oder vermeidet wenigstens ähnlich drastische Ausdrücke, wie sie Vasari anwendet. Aus demselben Grunde mochte er, wo ein Künstler, wie etwa Cosimo oder Lionardo im Verdachte religiösen Unglaubens stand, der Frage einfach ausgewichen sein. Wo es sich aber um Fälle handelt, die Ruhm und Bedeutung der Maler augenscheinlicher machen, ist er eher geneigt, ein wenig zu übertreiben. Am auffälligsten tritt dies in dem „merkwürdigen Tode des Francesco Francia" zutage, wo Wackenroder die Verbreitung von Francias Werken, ohne durch Angaben seiner Quelle dazu berechtigt zu sein, durch die Behauptung zu charakterisieren sucht, keine Stadt hätte es sich wollen nachsagen lassen, daß sie nicht wenigstens eine Probe seiner Arbeit besitze.

Sehr auffällig hätte sich Wackenroder von Vasari unterschieden, würde er sich dazu verstanden haben, eine größere Zahl einzelner Kunstwerke zu beschreiben. Vasari besitzt noch sehr geringe Fähigkeiten zu kunsthistorischer Charakteristik. Was Wackenroder in der Einleitung der „Zwey Gemäldeschilderungen" mit Unrecht von einer Beschreibung forderte, nur in allgemeinen Worten eine Vorstellung von der Bedeutung des Kunstwerkes zu geben, da bei tieferem Eindringen nur die bloße Einbildung maßgebend sei, tut gewöhnlich Vasari. Sehr oft hören wir ohne nähere Individualisierung, ein Gemälde sei so schön und prächtig gewesen, daß man sich nichts Höheres vergegenwärtigen könne. Das bringt zudem arge Übertreibungen, wie sie sich Wackenroder niemals erlaubte. Niemand ist über den besonderen Charakter des Malers oder des Gemäldes unterrichtet, wenn er etwa (Vasari, Teil III, 1, S. 67) liest: „In demselben Bilde sieht man einen heiligen Hyeronimus vortrefflich gemalt, auch bewundern Künstler das Kolorit dieses Werkes als so schön, daß man fast nichts Besseres leisten könne", oder (a. a. O. S. 199) „Alle vier Bilder sind voll Sinn und lebendiger Handlung, sehr gut gezeichnet und höchst lieblich gemalt". Dafür kann auch manche vortreffliche Beschreibung wie die des Kartons der heiligen Anna von Lionardo da Vinci (a. a. O. S. 130), oder des Kartons für das Florentiner Rathaus (a. a. O. S. 34) kaum entschädigen. Gar keinen Wert aber legt Wackenroder auf die Technik, die Vasari stets wohl beachtet, manches hübsche Detail in Zeichnung und Farbengebung ließ den Maler nicht wieder los. Aber es war nicht Wackenroders Sache, den intimen Reiz im Kunstwerke aufzusuchen, ein Mangel, den schon Wölfflin (Studien zur Literaturgeschichte, M. Bernays gewidmet, S. 64) lebhaft beklagt. Jene Gabe, die wir an W. Schlegel so bewundern, war dieser mehr gefühlstiefen als urteilskräftigen Natur nicht eigen.

Bei mancher Erzählung Vasaris fühlte Wackenroder klar den dramatischen Kern heraus und zeigte sich unablässig bemüht, ihn ins rechte Licht zu setzen. Dies erreichte er entweder rein stilistisch, indem er auf die Hauptmomente geschickt vorbereitete, stets auf Lebendigkeit und Anschaulichkeit bedacht war und, wie z. B. in der Beschreibung von Piero di Cosimos unheimlichen Karnevalszug, den Ton der Erzählung ganz meisterhaft der Situation anzupassen wußte, oder gar, wie in der Erzählung vom Tode Francesco Francias, leichte Modifikationen der Tatsachen vornahm. Die Plastizität von Wackenroders Ausdrucksweise wird nicht wenig durch den häufigen Gebrauch von Bildern erhöht, zu denen sich Vasari keineswegs aufgeschwungen hat. Wir werden manchmal Gelegenheit haben, uns dieser so glücklichen Seite von Wackenroders Begabung zu erfreuen, ich erwähne hier nur, daß ihm eine unruhig-aufgeregte Künstlernatur den Vergleich mit einem Kessel siedenden Wassers nahelegt, während ihm sanfte Ruhe und Stille des Gemütes die Erinnerung an einen klaren Fluß hervorzaubert. Oder spricht er von einem Manne, der auch im Getriebe des Alltagslebens stets dem Idealen zugekehrt ist, so wird dieser von Musen und Grazien in ihrer Atmosfäre schwebend getragen. Am schönsten bewies sich diese Veranlagung Wackenroders wohl in der ganz besonderen Art, in der er den Unterschied der künstlerischen Auffassungsweise zweier Meister bildlich zu verdeutlichen wußte. Vasari brachte es nie so weit, die Schaffensart verschiedener Künstler so scharf und genau einander entgegenzustellen. Als er (Teil III, 1, S. 240) von Raffaels großem Studieneifer berichtet, der ihn noch im Mannesalter von Lionardo und Michelangelo viel lernen hieß, weicht er doch jedwedem eigentlichen Vergleich aus und läßt nur (S. 242) durchblicken, daß Raffael von Michelangelo in der Behandlung nackter Gestalten übertroffen wurde, es focht ihn die Versuchung nicht an, diesen Abstand der Fähigkeiten aus der verschiedenen künstlerischen Individualität heraus zu begründen. Freilich lieferte auch Wackenroder niemals eine völlig durchgearbeitete exakte Parallele zweier Künstler; aber die wunderbaren Personifikationen Wackenroders, die einmal (Lionardo und Raffael) Jugend und Alter, weibliche Zartheit und männliche Kraft, das andere Mal (Michelangelo und Raffael) den Geist fremder Bekenntnisse in effigie gegenüberstellen, zählen zu dem Schönsten, das der Leser der „Herzensergießungen" genießen darf. Hier hat dem Kunstschriftsteller der Dichter die Feder geführt.

R a f f a e l s   E r s c h e i n u n g . Wackenroders regem Streben, die Herkunft des Genies aus göttlichem Geiste augenscheinlich zu machen, ist schon die seltsame Erzählung dienstbar gemacht, die an der Spitze des ganzen Werkes steht. Diese, wie später zu zeigen sein wird, historisch keineswegs verbürgte Anekdote knüpft an die Person des großen Raffael von Urbino an. Daß gerade dieser Meister den Anfang macht, wird uns nicht wundern. War doch Raffael unter den alten Malern Wackenroders Liebling, in den „Herzensergießungen" erscheint er fast durchgehends als der „Göttliche", sein Bild grüßt uns von dem Titelblatte der Ausgabe von 1797, in der „Mahlerchronik" treffen wir auf einige (besser belegte) Einzelheiten aus seinem Leben, überdies aber auf ein zweites auch sehr fabelhaftes Geschichtchen, das Wackenroder zur Illustration seiner Anschauungen sehr willkommen sein mußte. Es erscheint hier wohl geboten, die vielfachen Urteile über Raffael, die das achtzehnte Jahrhundert zeitigte, im Überblick zu mustern, um Wackenroders historische Stellung genauer festzustellen. Viele begeisterte Lobpreisungen lassen sich vernehmen, war doch das Zeitalter, namentlich seit der entschiedenen Abkehr vom Barock zum antiken Geschmack in der zweiten Jahrhunderthälfte gerade für das Verständnis Raffaelscher Kunst gereift. Gleichwohl muß betont werden, daß manche kritische Tadelstimme die hohen Lobrufe durchdrang und in ihrer Strenge seltsam zu Wackenroders inniger Raffaelschwärmerei kontrastierte. Mit warmer Begeisterung verkündet Algarotti (Justi, Winckelmann[2] I, 264) in Raffael sei ein Punkt erreicht, den die Nachwelt wohl schwerlich überschreiten werde, Winckelmann weiß Dietrichs Größe als Landschaftsmaler nicht treffender zu charakterisieren, als indem er ihm auf seinem Gebiete den Platz eines Raffael zuweist, und Mengs hat nicht bloß mit Empfindlichkeit die Antwort auf Briefe verweigert, die den Vornamen Raffael nicht trugen, suchte nicht bloß in Raffaels Arbeitsgemach die Gedanken wieder durchzudenken, die den großen Urbiner bei der Arbeit erfüllten (Justi[2] II, 28, 31), konnte nicht bloß Battoni die Meinung beibringen, ein kleiner Johannes Baptista von seiner (Mengs) Hand sei ein Werk Raffaels (Justi[2] II, 313), er gab auch beredt seiner Verehrung vollen Ausdruck und setzt ihm, der mit persönlicher Schönheit, Geist und Kenntnis des Altertums begabt war, ohne weiteres die Naturschönheit entgegen, die er freilich bedeutender finden muß (Justi[2] II, 266). Und J. C. Hagedorn, der in seinen „Betrachtungen über die Mahlerei" mit Nachdruck die Vereinigung von Regelstudium und Naturgeschmack forderte (vgl. a. a. O. I, 48/49), verbietet (I, 105) jeden sklavischen Anschluß und wäre es selbst an Polyklet und R a f f a e l ! Das „größte malerische Genie" nennt ihn ganz selbstverständlich Lessings Conti, und als H e r d e r (Suphan XV, 43) darzutun suchte, daß keine Bildung der Welt imstande sei, zu ersetzen, was Natur versagt habe, so ist es gerade Raffael, an den er anknüpft, um darzutun, wie verschieden es auch in der Kunst sei, wenn zwei dasselbe sähen und alle Fülle der Eindrücke minder Begabte die Sprossen der Meisterschaft doch nicht erklimmen ließe. Schon vor der italienischen Reise verriet Goethe sein inniges Verhältnis zu Raffaels Kunst, „Dichtung und Wahrheit" (W. A. I, 27, S. 239) berichtet, wie sehr ihn in Straßburg die Teppiche nach Raffaelschen Kartonen entzückten; er erklärt sich einmal literarischen Händeln so abhold, daß ihn nicht einmal ihre Darstellung durch Raffael oder Shakespeare ergötzen könnte (W. A. IV, 7, S. 212), die sieben Köpfe nach Raffael seien vom lebendigen Geiste eingegeben (An Kestner, 25. Dezember 1772, W. A. IV, 3, S. 36). Als ihn sein Weg in der Zeit der italienischen Reise nach Bologna führte, schwelgte sein entzücktes Auge in den Schönheiten der heiligen Cäcilia, alle anderen Künstler hätten vergeblich gewünscht, den Maler dieses Bildes zu erreichen, tröstend verscheucht ihm die heilige Agatha das Mißbehagen, aus dem er sich nach Betrachtung der Guidonischen Gemälde zu retten versuchte. Während des zweiten römischen Aufenthalts bestärkten sich die „Gleichgesinnten" in der Überzeugung: Raffael hat wie die Natur jederzeit recht und Vasari, der die Komposition schilt, wird entschieden zurückgewiesen.

Freilich sehen wir Raffael nicht immer allein auf dem Piedestal tronen, nicht selten treten ihm andere Meister, jeder im besonderen Gebiete vor allen maßgebend, durchaus ebenbürtig an die Seite. Einmal sollen sogar entusiastische Verehrer des Urbiners wie Algarotti und de Brosses Correggio an Raffaels Statt aufs Schild gehoben haben (Justi[2] I, 261), freilich nicht, ohne sich vorher demütig bei Raffael zu entschuldigen, und als Winckelmann einmal (Geschichte der Kunst, Wien 1776, S. 53, vgl. Justi[2] I, 262) bei Holbein wie Goethe später bei Dürer bedauerte, daß er nicht Gelegenheit gehabt habe, sich an den Schätzen des Altertums zu bilden, nennt er unter den Malern, die Holbein in diesem Falle erreicht hätte, neben Raffael auch Correggio und Tizian. Es sind dieselben, die sich auch bei Mengs (Anton Raphael Mengs sämtliche kunsthistorische und philosophisch-ästhetische Schriften hrsg. von Dr. G. Schilling, Bonn, H. B. König 1843, S. 224) zur Trias zusammenschließen und alle ihre eigene Domäne (Raffael vollkommener Ausdruck, Correggio Helldunkel und Harmonie, individuelle Wahrheit) zugewiesen erhalten, während freilich Raffael auch hier über die anderen hinauswächst, da ihm die tiefere Ausprägung des geistigen Gehaltes gelungen sei. Wie Wackenroder bei aller Raffaelverehrung maßvoll ausglich und an den großen Kontrasterscheinungen Raffael – Lionardo, Raffael – Michelangelo seine Freude fand, so gesellte Hagedorn einmal (a. a. O. II, 641) die Tiziane im Tempel des Geschmackes zu den Raffaelen, der vollkommene Maler, dessen Bild er (a. a. O. II, 876) entwirft, soll die Zeichnung an Michelangelo, den Geschmack an Raffael bilden. Goethe standen (An Friedrich Müller, 21. Juni 1781, W. A. IV, 5, S. 137) Raffael und Dürer auf dem höchsten Kunstgipfel, die Gruppe Fantasmist (Michelangelo), Correggio (Undulist), Raffael (Charakteristiker) erfährt seine Billigung, so außerordentliche Menschen in ihrer Beschränktheit zu betrachten, darin zeige sich eine ungeheure Tiefe. Einige „Rettungen für das Andenken Albrecht Dürers gegen die Sage der Kunstliteratur" wagte M e r c k zu versuchen. Freilich wollte auch er in Raffaelphysiognomien einen seelenvolleren Ausdruck als in Dürerschen finden, aber gleichwohl ist es von Wichtigkeit, daß bei ihm nicht die größere Begabung, sondern die schöneren Vorbilder den Werken des Urbiners zum Siege verhelfen (Ausgewählte Schriften zur schönen Literatur und Kunst, hrsg. von Adolf Stahr, Oldenburg 1840, S. 295). Im Ardhingello (Schüddekopfs Ausgabe IV, 175) ließ Heinse den jungen Maler, der Raffael so schroff gegen Michelangelo ausspielte, eine Zurechtweisung erfahren, Raffael und Michelangelo werden, jeder nach seiner Art, dankbar gewürdigt, und unter den großen Meistern der neueren Zeit obenan gestellt (a. a. O. S. 222). Für Fehler Raffaels ist Heinses Auge nicht blind, er rügt die Gefälligkeit, wo sie nicht sein soll (a. a. O. S. 222), so Wackenroderisch-entusiastisch er dem „hohen göttlichen Jüngling Raffael" seinen zärtlichen Dank abstattet (a. a. O. S. 344). Zuweilen wird aber auch in diesem so raffaelfreundlichen Säkulum mit ernster Bemängelung, wohl auch mit herbem Tadel nicht gekargt. So rügt Winckelmann einmal (Gedanken über die Nachahmung griechischer Werke, 1756, S. 120) an Raffaels Kindermord die zu volle Brust der Frauen und die zu ausgemergelten Körper der Mörder. Bezeichnenderweise fügt er hinzu: „Man muß nicht alles bewundern, die Sonne selbst hat ihre Flecken." Sehr scharfe Pfeile schnellte Hogarth ab, der (Zergliederung der Schönheit S. V der Vorrede) den „lächerlichen Gebrauch der Schlangenlinie", den Raffael den Alten und Michelangelo abgelernt habe, heftig brandmarkt. Hagedorn vermochte sich (Betrachtungen II, 899) ähnlicher Angriffe auf Raffael nicht zu entsinnen. Der Erzengel Michael fand Klopstocks Beifall nicht, er wünschte dafür keinen Jüngling, sondern einen Jupiter, der eben gedonnert habe (Nordischer Aufseher III, 150, vgl. Justi[2] I, 393), und Heinecke nimmt endlich (Nachrichten von Künstlern II, S. XII, vgl. Justi[2] I, 391) keinen Anstand, das Jesuskind ein gemeines Kind zu nennen, und setzt spöttelnd hinzu, das Knäbchen verrate verdrießliche Laune.

Eine Seite der Raffaelbetrachtung, von der Wackenroder absah, ist die Würdigung des Meisters im Hinblick auf die Antike. Gar mancher namhafte Kunstschriftsteller begrüßte in Raffaels Arbeiten die echte Wiedergeburt des antiken Geistes. Wir vernahmen schon Winckelmanns Klage, daß Holbein nicht wie Raffael die Kunstschätze der Antike habe bewundern dürfen, und so betont er auch, man müsse sich Raffaels Werken mit dem wahren

Geschmack des Altertums nähern, dann sei die Ruhe und Stille in seinem Attila, die vielen leblos erschiene, sehr bedeutend und erhaben (Gedanken über die Nachahmung, 1756, S. 25). Der Meister, der zuerst in neuerer Zeit und in so jungen Jahren den wahren Charakter der Alten empfunden habe, wird in warmen Worten glücklich gepriesen (a. a. O. S. 25) und im Antlitze der sixtinischen Madonna erkannte Winckelmann mit Freude die selige Götterruhe antiker Physiognomien (a. a. O. S. 26). Die Vollkommenheit der Alten bei Raffael in neuer Schönheit wiederzufinden, freute sich Hagedorn (a. a. O. I, 87), da ihm stets das Studium der Natur von höchstem Wert war, weist er überdies nachdrücklich auf die Verbindung von Natur und Antike im Studiengebiet dieses Meisters hin, während Merck (Ausgew. Schriften S. 50) noch besonders hervorhebt, wie wichtig gerade für Raffael die Natur war, die ihn umgab, wie sie sogar maßgebender gewesen sei als der Einfluß der Alten. J. H. Meyer vernahm (Ende Januar 1789, W. A. IV, 9, S. 74) Goethes Lobpreisung, wie es Raffael gelungen sei, die große Sukzession der Alten nachzuahmen, wie Goethe auch (an Herzog Karl August W. A. IX, 121) die Vorzüge der Alten und unter den Neueren besonders Raffael als rühmenswert erachtet. Herder erkannte freilich schon den ausgeprägt christlichen Geist in Raffaels Gemälden, wenn er (Suphan XVII, 389) den Urbiner als Schöpfer der christlichen Grazie bezeichnet und (a. a. O. XXII, 296) betonte, der Geist von Raffaels Gestalten zeige den Engel im Menschen, ein Ausspruch, der schon deutlicher auf Wackenroder weist, von dem Raffael der Maler des Neuen Testaments genannt wurde.

In der Begebenheit aber, die in diesem ersten Kapitel erzählt wird, glaubte die rührende, kindliche Naivität des Klosterbruders nichts mehr und nichts weniger als gar einen „einleuchtenden Beweis" für die Wunder des Himmels erblicken zu dürfen und sein frommes Gemüt frohlockt in dem Bewußtsein, daß durch die Erzählung „ein neuer Altar zur Ehre Gottes aufgebaut würde".

Der Zufall verhalf dem Klosterbruder zu seinem Schatze. Eifrig mit der Durchforschung alter Klosterhandschriften beschäftigt, fand er einige Blätter von der Hand des Bramante, an denen sein Blick sofort mit Teilnahme haften blieb. Bramante, Raffaels vertrauter Freund, gewahrte mit Entzücken die herrliche Anmut in den Madonnengesichtern des Urbiners und fragte den Künstler staunend, wie ihm dieser himmlische Ausdruck gelungen sei. Da schwieg der Meister lange, die jünglinghafte Schamhaftigkeit und Verschlossenheit, die ihm eigen war, ließ ihn nicht recht zum Geständnis kommen, endlich aber umarmte er den Freund in tiefer Rührung und entdeckte ihm sein Geheimnis. Von Kindheit an hatte das Bild der heiligen Jungfrau, aber nie in völliger Klarheit, in seinem Gemüte gelebt, und wenn er ihre Züge auf die Leinwand bannen wollte, konnte er sich die ganze Vollkommenheit ihrer Mienen niemals vergegenwärtigen. Aber einmal weckte ihn ein wunderbarer Glanz, den das Marienbild an der gegenüberliegenden Wand ausstrahlte, nachts aus dem Schlafe, und als er hinblickte, sah er das Angesicht der Mutter Gottes in der ganzen Zauberpracht, die sich ihm sonst nur in ganz flüchtigen Augenblicken geoffenbart hatte. Von nun an verließ ihn die herrliche Erscheinung nicht wieder und wenn er malte, traf er den wahren Ausdruck ohne weitere Bemühung. Ein stärkeres Beispiel, wie sehr überirdische Inspiration beim Kunstschaffen mitwirke, läßt sich kaum beibringen und es ist hart, doch unvermeidlich, durch die unerbittliche Strenge der Geschichte den rührend-schönen Eindruck dieser Anekdote zerstören zu müssen. Ziehen wir Vasari zu Rate, so finden wir über die von Wackenroder geschilderte Vision nicht die leiseste Andeutung. Nicht einmal von einer ganz allgemeinen Neigung Raffaels zu fantastischer Schwärmerei ist aus seinem Werke etwas zu entnehmen. Mehr Licht verbreiten schon die Mitteilungen des Abbés Girolamo Cancellieri, der in einer Handschrift in des Kardinals Antonelli Bibliothek von Raffaels überaus zarter Körperbeschaffenheit las und ihn als „ganz Geist" bezeichnet fand („tout esprit" nach Passavant, Raffael Urbino I, 530). Hiermit ließe sich eine schwärmerische, empfindsame Gemütsanlage wohl vereint denken, aber noch läßt sich daraus für unsere Geschichte kein historischer Kern entdecken. Gleichwohl besteht ein solcher, der sich freilich weit nüchterner erweist als

Wackenroders fantastische Erzählung. Die ganze Szene zwischen den Freunden, die der Klosterbruder aus einem Berichte Bramantes erfahren haben wollte, sollte zur Bestätigung eines Briefes dienen, in dem sich Raffael dem Grafen Castiglione gegenüber über die Art seines Schaffens äußert (Passavant I, 193 ff.). 1514 schmückte Raffael mit erstaunlichem Erfolge eine Loge des Palastes Chigi mit einem Bild der Galatea aus. In ihrem Muschelwagen, gezogen von Delphinen, gewahrte man die Göttin die schäumende Flut durchqueren. Ein solches Werk müßte, wie Raffael meinte, nach einem schönen Vorbilde geschaffen werden, er aber sei, da er schöne Frauen nur in sehr geringer Anzahl zu Gesicht bekäme, genötigt, einer „gewissen Idee" zu folgen, die ihm in die Seele käme. Der Hinweis auf die Galatea kann vor den üblichen Ausführungen in Raffaelmonographien nicht Wackenroder, aber schon A.W. Schlegel verdankt werden, der in seiner Rezension der „Herzensergießungen" in der Jenaer Literaturzeitung 1797 der Wackenroderschen Historie ihren tatsächlichen Hintergrund gab. Vasari anderseits erwähnt, ohne viel Aufhebens zu machen, der Galatea, wo es die chronologische Folge erheischt (a. a. O. S. 205), über den Inhalt des Briefes aber kann niemand etwas von ihm erfahren. Das ganze Zitat steht bei Wackenroder sehr am rechten Orte, denn durch Raffaels eigenes Bekenntnis in Stimmung versetzt, sind wir leicht geneigt, dem zweiten seltsameren Berichte geringere Skepsis entgegenzubringen.

Die Anekdote zeigt jedem genaueren Betrachter ganz und gar Wackenroderschen Geist, der bald Eigentum der ganzen Romantik werden sollte. An Stelle der antiken Göttin tritt, dem innigen Marienkult jener Generation gemäß, die heilige Jungfrau. Statt daß am hellen Tage mitten in rüstiger Arbeit das Vorbild vor der Seele des Künstlers erscheint, erfolgt die Inspiration im geheimnisvollen Dunkel der Geisterstunde, nachdem die herrliche Erscheinung sich früher von Zeit zu Zeit in unklaren, rasch wieder ganz zerfließenden Umrissen geoffenbart hatte. Die Vision näher zu beschreiben, versagt sich Wackenroders Raffael ebenso wie der historische in seiner ganz allgemein gehaltenen Angabe. So läßt uns ja auch Novalis in jenem berühmten geistlichen Liede (Ausg. 1802, Nr. XV) in den letzten vier Versen seinen Eindruck nur unbestimmt ahnen:

„Ich weiß nur, daß der Welt Getümmel

Seitdem mir wie ein Traum verweht

Und ein unnennbar süßer Himmel

Mir ewig im Gemüte steht."

Und gleichfalls im Zweifel über die eigentliche Beschaffenheit seiner Vorstellung läßt uns Tieck, der in der Vorrede zum Sternbald (D. N. L. Bd. CXLV) bekennt: „Meine Schwächen empfinde ich selber und wie ich das Ideal nicht erreichen kann, das in meinem Innern steht", und sich auf ein ähnliches Geständnis Goethes in „Künstlers Apotheose" beruft:

„Ich zittre nur, ich stottre nur,

Und kann es doch nicht lassen,

Ich fühl's, ich kenne dich, Natur,

Und so muß ich dich fassen. —"

Kann für den Inhalt der Anekdote einigermaßen ein historischer Stützpunkt ausfindig gemacht werden, so bleibt die Verflechtung mit Bramante völlig unerweisbar. Zwar hören wir (Vasari a. a. O. S. 102) von einem Palast, den der berühmte Baumeister für Raffael aufführte, auch die persönliche Freundschaft beider ist (S. 105) bezeugt, und für Bramantes liebenswürdige und dienstbereite Natur wird geltend gemacht, daß Raffael auf seine Veranlassung nach Rom gezogen wurde. Auch Passavant, der jener Verbindung der beiden Meister an manchen Orten gedenkt, führt uns nicht über Vasaris Nachrichten hinaus, und so müssen wir folgern, daß Wackenroder hier mehr historischer Wahrscheinlichkeit als den Tatsachen folgend, gerade in Bramante am ehesten den Vertrauten eines solchen Geheimnisses vermutete.

Recht knapp ist die Charakteristik Raffaels bei Wackenroder gehalten. Mehr davon liefert später noch die „Mahlerchronik". Seine Anordnung ist gerade die umgekehrte wie die Vasaris, bei ihm tritt der Künstler gleich eingangs hervor, bei Vasari werden, soweit er ganz allgemein charakterisiert, menschliche Tugenden schon in der Einleitung berücksichtigt, das Lob des Künstlers hingegen dem Schlusse vorbehalten, eine Einteilung, die bei Vasaris Darstellungsart ganz angebracht ist. Die Schlußbemerkungen sind gleichsam die Zusammenfassung der Einzelbeschreibungen der Werke. Wackenroder nennt Raffael gleich eingangs die „leuchtende Sonne unter den Malern", bei Vasari lesen wir: „Er war es, der Ausführung, Farben und Erfindung zu einem Grad der Vollkommenheit brachte, welche man kaum erreicht zu sehen hoffen durfte, und kein Geist achte für möglich, daß er ihn je übertreffen könne" (Vasari, a. a. O. S. 249). Aber Wackenroder denkt natürlich nicht daran, technisches Detail zu häufen und sich wie Vasari (a. a. O. S. 240 ff.) in ausführlichen Betrachtungen über die mannigfachen Wandlungen von Raffaels Methode zu ergehen, die erst bei Pietro Perugino, später in Michelangelo ihre Lehrmeister fand, und zuletzt, soweit Vasari hier recht hat, aus vielen Manieren eine einzige bildete. Wenn Wackenroder an Raffael jünglinghafte Schüchternheit und Verschämtheit hervorhebt, so bemüht sich Vasari, Raffael frei von der unter den zeitgenössischen Künstlern eingerissenen Verrohung erscheinen zu lassen, und einen großen Teil seiner hervorragenden Bedeutung erblickt er in seiner ganz ungewöhnlichen sittlichen Höhe: „Die Natur war durch die Hand Michelangelos von der Kunst besiegt und schenkte Raffael der Welt, um nicht nur von ihr, sondern auch durch die Sitte übertroffen zu werden" (Vasari, a. a. O. S. 180). Ja, Raffael erscheint ihm, der dem hohen Flug dieses Genius voller Begeisterung nachblickt, über die Grenzen der Sterblichen hinauszuwachsen, nicht ein Mensch sei er mehr, sondern, sofern der Ausdruck verstattet wäre, so gar ein „sterblicher Gott" zu nennen. Zu solcher Überschwänglichkeit gelangte Wackenroders Raffaelkultus nicht, so andächtig er auch ist. Dem Jüngling in den „Bildnissen der Mahler", an denen freilich auch Tiecks Hand vielfach mitgearbeitet haben mochte, erscheint sogar, da ihn die Muse einmal über das jugendliche Alter und das sanfte Aussehen Raffaels belehrt hat, niemand vertrauter und menschlicher als dieser Meister. Er ist der einzige, dem sich sein übervolles Herz ganz ergießen möchte, während die anderen durch den strengen Greisesstolz in ihren Zügen den mächtigen Strom der Empfindung zurückdämmen.

II

Der merkwürdige Tod des zu seiner Zeit weltberühmten alten Malers Francesco Francia, des Ersten aus der lombardischen Schule. Haben wir uns in der Erzählung -21-von „Raffaels Erscheinung" mitten im Gebiete des Übernatürlichen befunden, so führt uns die Geschichte vom Tode des Francesco Francia noch tiefer hinein. Wackenroder beleuchtet hier seine Behauptung von der göttlichen Herkunft des Genies von einer neuen Seite. Sollte früher augenscheinlich gemacht werden, wie der himmlische Funke urplötzlich in der Künstlerseele zündet und so ein Werk entstehen läßt, an dem sich früher alle menschlichen Kräfte vergebens bemüht haben, so zeigt Wackenroder hier die elementaren Wirkungen, die ein Sterblicher erfahren kann, wenn er unversehens die Macht der künstlerischen Begabung in ihrer ganzen Fülle gewahr wird. Ein solches Beispiel ist natürlich nicht minder geeignet, den Anteil der Gottheit an Kunstdingen erkennen zu lassen. Er sagt in anderer, vielleicht noch eindringlicherer Weise dasselbe wie das vorhergehende.

Die merkwürdige Erzählung vom Tode Francesco Francias hat Vasari in der Form, wie sie allgemein verbreitet war, nach seiner Gewohnheit, Anekdoten reichlichen Spielraum zu gewähren, dem Werke eingefügt (T. II, 2, S. 352). Danach wurde der lombardische Maler, der schon seit geraumer Zeit mit Raffael in brieflichem Verkehr stand (so Vasari a. a. O. S. 349, nach Anmerkung 59 des Herausgebers ist auch persönliche Bekanntschaft anzunehmen), von dem jüngeren Kunstgenossen mit echt Raffaelscher Demut ersucht, das jüngste seiner Werke, die „heilige Cäcilie" zu begutachten. Francesco willfahrte bereitwillig diesem Begehren und Raffael übersandte ihm das Gemälde. Als aber jener das Bild sah, empfing er einen ungeheuren, ganz unerwarteten Eindruck davon, er war vollends niedergeschmettert und starb wenige Tage später. Ein einziger Blick auf das Werk hatte ihn gelehrt, wie nichtig all sein Können gegen die beispiellose Größe von Raffaels Meisterschaft sei, und er vermochte diese Empfindung nicht zu betäuben. „Ihm schien, als sei er im Vergleich mit dem, was er sonst gedacht und wofür er gegolten hatte, zu einem Nichts in der Kunst herabgesunken, und er starb, wie einige glauben, aus Gram und Betrübnis."

So endet Vasari (a. a. O. S. 352) diesen Bericht, dessen geschichtliche Glaubwürdigkeit von jeher auf starke Zweifel stieß. Schon unter den Zeitgenossen fand sich gar mancher, der viel natürlichere Todesursachen wie Gift oder Schlagfluß anzuführen wußte, und mit dem Rüstzeuge historischer Kritik versuchten Malvasia und Lanzi, der freilich wieder in Calvi einen beachtenswerten Gegner fand, dem auffallenden Geschichtchen jedes wissenschaftliche Bürgerrecht abzusprechen (Vasari, a. a. O. S. 353, Anm. 41). Aber die spätere Forschung war minder streng. Schon Quatremère, aus dessen Feder eine Raffaelbiographie stammt, findet einen Tod aus Ärger oder Unmut über eines Jüngeren Überlegenheit mit Francias reizbarer Gemütsart sehr wohl vereinbar, und die inzwischen neuerdings bestätigte Ankunft der heiligen Cäcilie in Bologna im Todesjahre Francias ist seiner Anschauungsweise günstig. Endlich mißt Passavant (Raffael et son père Giovanni I, 257) unserer Anekdote weit mehr Glaubwürdigkeit zu, als etwa dem berühmten „Anche io sono pittore!", das Correggio vor der „Sixtinischen Madonna" ausgerufen haben soll. Dies ist immerhin nicht bedeutungslos, denn Passavant ist in bezug auf Vasaris Verläßlichkeit sonst ziemlich skeptisch.

Wie schon bei Raffael, nimmt sich auch hier Wackenroders Darstellung, die hauptsächlich die merkwürdigen Umstände, unter denen Francias Tod vor sich ging, hervortreten läßt, ziemlich knapp gegen Vasaris detailliertere Lebensbeschreibung aus, doch gönnt er dem eigentlich Biographischen keinen geringen Platz. Dadurch verstärkt er mit Geschick die Wirkung des Schlusses. Denn wird uns das stete Streben Francias, in der Kunst stets höhere Stufen zu erklimmen, gezeigt, wird er endlich beglückt und geehrt durch die hohe Achtung seiner Zeitgenossen vorgeführt, so macht die Verzweiflung an seinen Fähigkeiten, die ihn so jäh heimsuchte, einen um so tragischeren Eindruck. So lernen wir denn wie bei Vasari (a. a. O. S. 335)

Francescos Eltern als geringe Handwerksleute kennen, es verschlägt wenig, daß ihnen Wackenroder den Zusatz Vasaris „wohlgesittet und rechtlich" vorenthält, oder Francias vielfacher Berufsstationen, der sich auch als Gold- und Silberarbeiter, geschickter Zeichner, endlich vorzüglicher Präger von Münzstempeln einen geachteten Namen erwarb, zu seinem gegenwärtigen Zwecke nur mit wenigen Worten gedenkt. Von Vasari (a. a. O. S. 37/38) entlehnt er genau die Mitteilung, daß Francia für in- und ausländische Fürsten Münzstempeln verfertigte, aber er vermeidet doch die Übertreibung Vasaris: er hätte sich auf alles verstanden, was in der Kunst Schönes gearbeitet wird und es besser gemacht als irgend ein anderer. Francesco Francia war vierzig Jahre alt, als er nach vielfachen Beschäftigungen mit den verschiedensten Kunstfertigkeiten das erstemal in den Malerkittel schlüpfte. Über diese Wendung seiner Tätigkeit berichtet uns Vasari (a. a. O. S. 339) und auch Wackenroder unterläßt nicht, nachdrücklich darauf aufmerksam zu machen. Doch erscheint der Übergang Francias zur Malerei in beiden Darstellungen recht verschieden motiviert. Hören wir Vasari, so war der Ehrgeiz für Francias Entschließung die eigentliche Ursache. Ihn lockte der Ruhm des Malers, der ihm weit höher schien, als alle die Ehrungen, deren er sich bis zu diesem Zeitpunkte zu erfreuen gehabt hatte, auf ein neues Feld der Tätigkeit. Dazu half noch das Vorbild bedeutender Maler, deren er einige, wie z. B. Andrea Mantegna persönlich kennen lernte, seinen Entschluß befestigen. War Francia aber einmal mitten in der Arbeit, so brachte ihm sein „richtiger Verstand" bald die richtige Übung, und zu seiner schon früher erworbenen Fertigkeit im Zeichnen gesellte sich bald auch die Meisterschaft in der Handhabung des Kolorits. Wackenroder fühlte aber, daß ein solcher Entschluß, wie ihn Francia gefaßt hatte, einen weit über das Gewöhnliche hinausgehenden Ehrgeiz voraussetze, und nicht bloß „Verlangen nach größerem Ruhm", wie Vasari in trockener Weise sagt, erfüllt bei ihm den Künstler, es ist sein Feuergeist, der ungestüm neue Betätigung ersehnt.

Kleinliche Rücksichten, wie die Vergrößerung des Erwerbs, die Vasari nicht verschweigen konnte, werden bei Wackenroder nicht weiter in Betracht gezogen; um aber die Wirkung auf den Leser zu verstärken, hebt Wackenroder seinerseits ganz ausdrücklich hervor, daß Francia zu jener Zeit bereits in den Jahren der Reife stand. Vasaris Mitteilung über Francias koloristische Studien verwertend, spricht Wackenroder endlich von des angehenden Malers Studienfleiß in der Komposition und dem Effekte der Farben. Eine kleine Übertreibung läuft unter, wenn Wackenroder im Eifer Francias Gemälde ganz Bologna in Verwunderung setzen läßt, wo doch Vasari nur mitzuteilen weiß, daß sie ausnehmend wohl gefielen (a. a. O. S. 340) und später (a. a. O. S. 343), daß ihrem Schöpfer viel Liebe und Freundlichkeit von der Bevölkerung erwiesen wurde. Nennt doch auch Goethe (Schriften der Goethe-Gesellschaft II, 187) Francia nur einen respektablen Künstler, während Wackenroder seine Werke zu den vornehmsten rechnet und wieder dem so oft ausgesprochenen Gedanken Ausdruck gibt, die Schönheit der Kunst sei bei weitem reicher, als daß Einer sie erschöpfen könnte. Mit wunderbarer Bildkraft, an den schwungvollen Beginn von Schleiermachers „Monologen" erinnernd, charakterisiert er ihre Macht: „Ihr Preis ist kein Los, das nur allein auf Einen Auserwählten fällt, ihr Licht zerspaltet sich vielmehr in tausend Strahlen, deren Wiederschein auf mannigfache Weise von den großen Künstlern, die der Himmel auf die Welt gesetzt hat, in unser entzücktes Auge zurückgeworfen wird."

Wackenroder versagt es sich, Francia nach Art des Biographen Schritt für Schritt durch alle Stadien seiner Entwicklung als Maler zu begleiten. Wir hören nichts von den Gegenständen, nicht einmal den Namen der Gemälde, die sich bald zu einer langen Reihe schlossen. Vasari, der viel ausführlicher und genauer vorgeht und auch dieser Biographie eine Menge von Bilderbeschreibungen einfügt, erklärt (a. a. O. S. 343) selbst, für den Kunstliebhaber nur einige der bedeutendsten namhaft zu machen.

Wackenroder genügt der Hinweis auf eine „unzählbare Menge von herrlichen Gemälden", die den Namen des Malers weit über die Grenzen seiner engeren Heimat trugen. Die große

Verbreitung von Francias Werken in der Lombardei erwies Vasari (a. a. O. S. 344); er läßt die Städte um den Besitz von solchen Bildern wetteifern, wie Wackenroder später die italienischen Fürsten und Herzöge aller Gebiete. Aber es ist zu grell, obgleich anschaulicher gemalt, wenn er Vasaris Angabe dahin verändert, daß es keine Stadt von sich sagen lassen wollte, sie besäße nicht wenigstens eine Probe seiner Arbeit. Für die Verbreitung der Werke Francias in weitere Gebiete war wiederum Vasari Gewährsmann (a. a. O. S. 345), er verzeichnet die Entsendung eines Gemäldes ins Toskanagebiet, doch ist die Zahl der in Bologna gebliebenen überwiegend. Daß Francia gerade der Stifter einer neuen glänzenden Epoche in der lombardischen Kunst gewesen sei, hat Vasari niemals ausgesprochen, doch läßt er ihn einmal, ganz im Gegensatz zu seiner sonst weit mäßigeren Ausdrucksweise, eine fast abgöttische Verehrung genießen (S. 347). Eine Seite später steht er jedoch bloß in „hohen Ehren“.

Nur sehr wenig kann man aus den Nachrichten des Chronisten von Francias Charakter erfahren. Er preist an dem Künstler (a. a. O. S. 336) bloß eine gesellige Tugend, eine ganz außerordentliche Liebenswürdigkeit und Sanftmut des Gemütes, die es fertig brachte, in kürzester Zeit die düsteren Wolken von der Stirne eines bekümmerten Mitmenschen zu scheuchen. Gerade hiervon läßt Wackenroder nichts merken, aber mit sicherer Taktik die Katastrophe vorbereitend, erzählt er uns von Francias edlem Künstlerstolze, den er gleichwohl mit der Eitelkeit späterer Maler in entschiedenen Gegensatz bringt. Vasari bot allerdings dafür keinerlei Anhaltspunkte, er weiß auch nichts von Wackenroders Angabe, daß Francia Raffael für den einzigen berechtigten Nebenbuhler seines Namens gelten ließ. Dies erweist sich auch nach dem Sonette, mit dem Francia einmal den genialen Kunstgenossen begrüßte (Vasari a. a. O. S. 350, Anm. 59), als durchaus unhaltbar. Anderseits erfahren wir aber aus Wackenroders Mitteilungen, daß ein Vergleich Francias mit Raffael bei den Zeitgenossen nicht durchwegs für absurd galt. Cavazzone verstieg sich sogar zu der Behauptung: wenn Raffael sich der Trockenheit der Schule von Perugia entwunden habe, so sei das nur auf den Einfluß von Francesco Francia zurückzuführen, eine Annahme, die Wackenroders schwärmerische Raffaelbegeisterung begreiflicherweise nicht gelten ließ. Ein Verkehr der beiden Meister erfolgte auch nach Wackenroder nur auf schriftlichem Wege.

Vasari schildert (a. a. O. S. 350) Francias Verlangen, einmal selbst ein Gemälde von Raffael zu sehen, er kannte die Werke des Urbiners nach dem Berichte unseres Chronisten nur nach Beschreibungen, da er in seinem Leben nur wenig vor die Tore Bolognas kam. Bei Wackenroder folgen an dieser Stelle kleine Ausschmückungen, die wiederum erweisen sollen, daß Francesco den übermächtigen Eindruck eines Raffaelschen Gemäldes nicht entfernt ahnte. Nach Wackenroder hat sich der Künstler von der Schaffensart seines jüngeren Genossen nach den Beschreibungen ein festes Bild gemacht und ist überdies von der Überzeugung durchdrungen, ihm in vieler Hinsicht gleich, in mancher sogar überlegen zu sein, gerade wie es früher (S. 23) hieß: nur Raffael erachte er allenfalls als würdigen Nachfolger.

Die Erzählung von Francescos Lebensausgang gewinnt unter Wackenroders Händen erheblich an Anschaulichkeit und frischer Lebendigkeit. Mit seiner öfters wahrnehmbaren Gewohnheit, das Vorgefundene ein wenig zu verstärken, stimmt es, daß er Francesco bei Empfang des Briefes gleich außer sich vor Freude geraten läßt, während er bei Vasari (a. a. O. S. 351) nur ein großes Vergnügen dabei empfindet. Ein Raffael habe ihm den Pinsel in die Hand gegeben, jubelt Francia bei Wackenroder. Da fühlen wir nun freilich in der Darstellung einen Mangel an Folgerichtigkeit, denn wie paßt diese Demut, die Francia bei Wackenroder an den Tag legt, zu seinem sonstigen Selbstbewußtsein? Immerhin ist es aber von der vorzüglichsten Wirkung, den Mann mitten im Freudenrausch zu zeigen, der kurz nachher in die tiefste Niedergeschlagenheit fallen sollte. Geschickt weiß Wackenroder schließlich noch die Spannung des Lesers durch ein eingeschobenes Sätzchen: „Er wußte nicht, was ihm bevorstand!“ zu vergrößern, bevor er nun zur Hauptsache übergeht. Da ist nun Wackenroders Kunst, sich in die Begebenheiten einzufühlen, aufs glänzendste bewiesen. Schon A. Wilhelm Schlegel wußte das zu würdigen, wenn er die Erzählung vom Tode Francias zu den Musterbeispielen des ganzen Buches rechnet. Um zu erkennen, wie sehr Wackenroder hier über Vasari hinauswuchs, muß kleiner glücklicher Änderungen von Einzelheiten gedacht werden, die der Chronist überlieferte; die Geschichte schlägt freilich kein Kapital daraus. Zwischen der Ankunft des Briefes und der des Bildes, die bei Vasari gleichzeitig eintreffen, verstreicht bei Wackenroder einige Zeit, während der Francesco voll Spannung das Gemälde erwartet. Ganz verschieden ist auch Francias Verhalten, nachdem er das Bild empfangen hat, in unseren Darstellungen. Bei Vasari beherrscht ihn keineswegs brennende Ungeduld. Er nimmt ruhig bei „guter Beleuchtung" das Bild aus dem Kasten, und nun geht seine Stimmung von völliger Ruhe zu heftiger Bewegung über; bei Wackenroder befindet sich Francia von vornherein in erregter Seelenstimmung, die Mitteilung der Schüler, die Wackenroder mit einbezieht, ruft den mächtigsten Eindruck hervor, Francia stürzt in sein Arbeitszimmer und gerät, als er das Bild gesehen, nun in einen ekstatischen Zustand, in dem sich höchstes Entzücken und bitterer Schmerz in seltsamer Weise vermischen. Sinn und Verständnis für dramatische Wirkung zeigt es, daß Wackenroder uns das grenzenlose Erstaunen der Schüler deutlich zu machen sucht, die ihren Meister von Freude erfüllt zu sehen gehofft hatten und ihn nunmehr in dieser schrecklichen Verfassung erblicken mußten. Und es ist bewunderungswürdig, wie es Wackenroder verstand, die Empfindungen, die nun Francias Brust durchtobten, im einzelnen zu schildern. Wie weit entfernt er sich von der trockenen Angabe Vasaris, der sich einfach mit der „tiefen Bekümmernis" hilft, die Francesco Francia erfaßt und ihn bald dem Tode entgegengeführt habe! Erst verrät sich unter der Übergewalt des Eindruckes kein äußeres Zeichen der Gemütsbewegung; nach Wackenroders schönen Worten wirkt die Wunderherrlichkeit des Bildes auf den Künstler wie auf einen Mann, der einen seit den Tagen der Kindheit schmerzlich vermißten Bruder wiederzusehen gehofft, die strahlende Lichtgestalt eines Engels an seiner Statt. Dann löst sich allmählich der Bann der ersten Augenblicke und heftiger Unmut und bittere Reue über sein bisheriges verfehltes Leben läßt in Francias Brust einen mächtigen Sturm der Leidenschaft mit aller Gewalt sich austoben, bis mit der Erschöpfung allmählich weichere Stimmung wirksam wird und wütende Selbstanklagen durch demütige Zerknirschung abgelöst werden. Dieser mächtige Eindruck kann auch unter Berücksichtigung historischer Begleitumstände begriffen werden. Denn wenn auch Francia, wie ein späterer Kunstchroniker, Malvasia (s. Vasari, a. a. O. S. 353, Anm. 41), nachgewiesen hat, schon früher manches Werk Raffaels gesehen hatte, so ist doch eine weit bedeutendere Wirkung gerade dieses Bildes, das man nach Vasaris Worten (a. a. O. S. 352) unter Raffaels schönen und bewunderungswürdigen Arbeiten auch noch als ausgezeichnet rühmen kann, verständlich.

Mit feinem Sinn weiß Wackenroder andeutungsweise auch das Gemälde selbst der Betrachtung einzufügen, wenn Francesco mit dem erhobenen Antlitz der heiligen Cäcilia auch sein schmerzdurchzucktes Antlitz zum Himmel emporhebt. Bestimmter gefaßt ist auch Francias Vergleich dieses Werkes mit seinen eigenen Arbeiten, der für ihn so kläglich endet. Sein eigenes Bild der heiligen Cäcilia (Vasari, a. a. O. S. 343 gibt davon ohne nähere Bezugnahme auf Raffael Nachricht) macht ihm seinen Abstand von Raffael erst völlig klar. Und so weiß er schließlich der Erzählung von Krankheit und Tod des Meisters einen geheimnisvolleren Anstrich zu geben als Vasari, der einfach von Francias Tod berichtet, ohne seinen Gemütszustand vor Eintritt der Auflösung näher zu beachten. Wackenroder zeigt, wie bei dem Greise allmählich Spuren des Verfalles hervortreten, eine fast beständige Geistesabwesenheit sich mit den Erscheinungen der körperlichen Altersschwäche vereinigt, um auf die Nähe seines Endes hinzudeuten. Der Greis, der nach einem arbeitsreichen Leben vor einem Jüngeren das Haupt beugen mußte, welkt hier langsam dahin, wie Schillers Jüngling, der das verschleierte Bild zu Sais erblickt hatte. Der Tod erfolgt dennoch für die getreue Schülerschar ganz plötzlich und unerwartet. Vasaris einfacher Hinweis auf diejenigen, nach deren Ansicht Francias eines natürlichen Todes starb, verwendet Wackenroder zu einem höhnischen Angriff auf die „kritischen Köpfe", die gern die ganze Welt in Prosa auflösen möchten, wie er auch schon eingangs betont hatte, an der Wahrheit der Erzählung niemals gezweifelt zu haben.

Zum Schluß sei auf Chamissos Behandlung des Stoffes ein kurzer Ausblick gestattet; hält doch sein Gedicht „Francesco Francias Tod" in anziehender Weise zwischen Vasaris und Wackenroders Darstellung die Mitte. Was hier von Francias großem Ruf als Goldarbeiter und Maler in gedrängtester Form zu lesen ist, deckt sich ebenso wie der Inhalt von Raffaels Brief ganz mit den Berichten unserer Autoren; alle späteren Ereignisse folgen aber in knapper Zusammenfassung unmittelbar aufeinander. Wie bei Vasari treffen Brief und Bild gleichzeitig ein, wie dort erbricht Francia selbst die Kiste, rückt sich das Bild ins Licht und ist nun ganz fassungslos vor der gewaltigen Bedeutung des Werkes. Für die so unendlich verschiedenen Empfindungen, die nun Francias Brust durchtoben, findet Chamisso die bezeichnendsten Worte:

„Erfüllet ist, was seine Träume waren,

Er fühlt sich selbst vernichtet und beglückt."

Doch folgt kein jäher Paroxismus, der dann wie bei Wackenroder sanfter Wehmut den Platz bereitete: auch hören wir nichts von Reue und Selbstanklagen, das reine Gefühl der Bewunderung für das Geschaute drückt sich schließlich in dem demütigen Danke an die Gottheit aus, die dem Greise mit dieser Gabe den Lebensabend zierte. Ein träges Hinwelken des Meisters haben wir hier nicht mehr zu beobachten, seine Jünger, die ihn (wie bei Wackenroder) umstehen, sind zu seiner Sterbestunde gekommen. So vermochte Chamisso, wieder in anderer Weise als früher Wackenroder, die dichterische Triebkraft des Stoffes zu verwerten.

III

Von den Seltsamkeiten des alten Malers Piero di Cosimo. An der Spitze von Friedrich Schlegels Lyzeumsfragmenten steht der merkwürdige Satz: „Man nennt so viele Künstler, die eigentlich nur Kunstwerke der Natur sind." Knapp und kurz wird hier der vieldeutige Begriff eines „Kunstwerkes der Natur" eingeführt, und nur ganz obenhin sein Gegensatz zu dem des Künstlers angedeutet. Die sorgliche Sparsamkeit der Schlegelschen Fragmente, die so oft nur den reinen Begriff einführen, ist hier schon genau ausgeprägt, der Fantasie des Lesers bleibt es überlassen, nach einer bestimmten Deutung zu suchen. In jenem Teil seines Werkes, der die „Seltsamkeiten" des Piero di Cosimo behandeln will, machte Wackenroder bereits einen deutlichen Unterschied zwischen Künstler und Kunstwerk der Natur. Es ist wohl möglich, daß Schlegel ihm diesen Gedanken abborgte, erschienen doch die „Herzensergießungen" bereits Beginn 1797 (schon vom 10. Februar ist W. Schlegels Rezension in der Jenaer Literaturzeitung datiert), die Lyzeumsfragmente aber im zweiten Stücke der Zeitschrift (Haym, S. 248; Minor, a. a. O. S. 183) erst im Herbste. Jedenfalls hätte dann Schlegel die Klarheit und Verständlichkeit dem Wackenroderschen Gedanken geraubt.

Was den einen zum Künstler, den anderen zum Naturkunstwerke stempelt, ist bei Wackenroder ein Unterschied der Gemütslage. Der Künstler ist für Wackenroder, wie später für seinen Josef Berglinger, ein bloßes Werkzeug in der Hand der Schöpfung, seine Aufgabe, die vielfältigen Eindrücke der Außenwelt menschlich beseelt wiederzugeben. Dies ist aber nur dem Gemüte möglich, in dem Ordnung und Maß herrscht; wildes, ungestümes Drängen, Anlage zur Fantastik muß der Seele des Schaffenden fern sein. Wen selbst stetig die Leidenschaft durchtobt, der tritt aus der Reihe der Schaffenden in die der Geschaffenen, wird aus dem Künstler zum Kunstwerke. Der Schöpfer dieses Kunstwerkes ist die Natur selbst, und wie Wackenroder mit einem prächtigen Vergleiche schließlich sagt: „In dem lebenden und schäumenden Meere spiegelt sich der Himmel nicht; – der klare Fluß ist es, worin Bäume und Felsen und die ziehenden Wolken und alle Gestirne des Firmamentes sich wohlgefällig beschauen."

So vermochte Wackenroder bei einem Manne wie Piero di Cosimo, der seinem Gemüte niemals Klarheit und Ruhe zu retten wußte, an eigentliche künstlerische Sendung nicht zu glauben. Um so lebhafter zog ihn die Absonderlichkeit dieses Charakters an, der sich von seiner eigenen sanften und milden Gemütsart aufs deutlichste abhob, denn daran bewunderte er das geheimnisvolle Walten der Natur nicht minder als an manchem ihrer merkwürdigen Einzelfälle, die in der Welt des Organischen zuweilen den gewöhnlichen Gang der Ereignisse durchkreuzen.

So sind es denn die „Seltsamkeiten" Piero di Cosimos, von denen Wackenroder hier berichten will. Damit ist ein Zug dieses Mannes aufgegriffen, den V a s a r i freilich nicht vergißt, der aber gleichwohl nur ein wesentlicher Bestandteil seiner allgemeinen biographischen Darstellung ist. Er erzählt uns von Piero di Cosimos überschäumender Fantasie, von der seine Werke und insbesondere auch seine Lebensweise reichlich Zeugnis geben, ja an verschiedenen Stellen steht er nicht an, von einem „bestialischen Betragen" dieses Künstlers zu sprechen; wie weit er hier in die Einzelschilderung ging, wird uns noch deutlich werden. Sind aber derlei Fälle keineswegs sparsam angeführt, so betont doch Vasari diese Eigenschaften niemals so stark, daß ein Leser jener Lebensskizze blind für alles andere nur dafür Aufmerksamkeit finden müßte, besäße er nicht von vornherein Sinn und Teilnahme für Seltsames und Wunderbares in dem Maß wie Wackenroder. Ihn aber nahmen die Andeutungen, die er hierfür vorfand, so gefangen, daß er vergaß, was ihn an dem originellen Kauz sonst wohl angezogen hätte.

Darin also, daß es sich bei Wackenroder um einen Künstler so gut wie gar nicht handelt, beruht der fundamentale Unterschied seiner Auffassung Piero di Cosimos zu der Vasaris, der gleich anfangs sein Augenmerk auf den Maler richtete und ihn, wie schon Della Valle (Vasari III, 1, 75, Anm. 1) hervorhob, weit überschätzt. Dieser Kunstkenner rügte an Vasari, daß er von

Correggio und Giorgione zu Cosimo so leicht den Übergang fand, und ihn als Vertreter der in Toskana heimischen Kunst, „wo auch kein Mangel an vorzüglichen Geistern gewesen sei", den großen Meistern der Lombardei kurzweg gegenüberstellte. Anders lautete nun freilich die Einleitung in der ersten Ausgabe (S. 586); dort suchte Vasari vornehmlich die Aufmerksamkeit auf die seltsamen menschlichen Eigenschaften Cosimos zu lenken. Ging er aber auch hier einen ähnlichen Weg wie Wackenroder, an eine Beeinflussung des letzteren läßt sich doch nicht denken und so auch kein nachträgliches Argument für den Gebrauch der ersten Ausgabe erbringen. Vasari zeigt keine Spur von Bewunderung für das geniale Naturspiel, bei der Erschaffung der Lebewesen Absonderlichkeit und Gemeinheit bunt durcheinander zu mischen, wie in dieser Einleitung überhaupt weit eher Abneigung als Teilnahme für die geschilderte Persönlichkeit hervorgerufen wird. In solcher Beleuchtung wird uns der Künstler geradezu widerwärtig; was in Vasaris späterer Darstellung als Ausfluß einer originellen Charakteranlage erscheint, wird hier von gemeiner Denkungsart bestimmt. Zieht sich Piero di Cosimo aus der menschlichen Gesellschaft in die Einsamkeit zurück, so treibt ihn keine Liebe zur „Philosophie", nur pure Schelmerei (fanteria, s. Vasari 1. Ausgabe, S. 586) dazu. Bleibt sein Zimmer dem Besucher verschlossen, so geschieht es nur, um seine mit Seltsamkeiten und philosophischen Grillen bedeckten Armseligkeiten vor der Welt zu verbergen. Und derselbe Mann, der später als erheiternder, liebenswürdiger Gesellschafter bezeichnet wird (S. 592), gilt jetzt als boshaft und verschlagen, wird einer Menschenklasse beigezählt, die, in Neid und Scheelsucht befangen, immer darauf aus ist, dem Großen und Tüchtigen allerhand bittere Pillen in der Zuckerschale hinterlistiger Schmeichelreden darzureichen. Noch eigentümlicher berühren die Folgerungen, die von Cosimos Grillenhaftigkeit auf seinen äußeren Lebensgang gezogen werden. Gewiß zeigen auch Vasaris spätere Mitteilungen, wie sehr Cosimo der üble Ruf eines Sonderlings die Beliebtheit bei den Mitbürgern schmälerte, und als gar die vielfachen Beschwerden des Greisenalters seine mürrische Laune steigerten, da fand er sich bald von allen Freunden verlassen. Aber wenn Vasari ganz besonders beklagt, daß sich der Künstler den Genuß einer behaglichen Altersruhe durch persönliche Rauheit und Schroffheit verscherzt habe, so tritt wieder ein auffallender Widerspruch zu den späteren Ausführungen zutage. Hören wir doch (III, 1, 86) ganz ausdrücklich von der großen Kunstliebe Piero di Cosimos, die ihn jede Mühe und Unbequemlichkeit gering achten ließ, und ist es doch die reine Arbeitslust, die den gichtischen Händen des Achtzigers den Pinsel in die Hand gibt. Die Klage Vasaris ist daher schwerlich im Sinne Cosimos gesprochen; dieser empfand die Nötigung zum Schaffen nicht schmerzlich, und das Bedürfnis, sich einer stillen Muße hinzugeben, konnte ihm kein weltmännisches Betragen abzwingen. Vasari dürfte die Inkonsequenz seiner Darstellung empfunden und darum diese Einleitung der zweiten Ausgabe vorenthalten haben.

Vorsichtig, fast zaghaft tritt Wackenroder an seine Aufgabe heran. Mit der Einsicht in die Besonderheit des Charakters, der gezeichnet werden soll, verbindet sich ihm das volle Bewußtsein der Schwierigkeit seiner Unternehmung. Die Gleichgültigkeit, mit der die Natur zu Werke geht, erkennt er wohl. In leichtem, spielendem Scherze mischt sie die Stoffe, unbesorgt, ob Lust oder Unlust dadurch in der Menschenbrust entsteht. Will man dann versuchen, das innerste Wesen eines solchen von ihrer unbegreiflichen Laune erzeugten Geschöpfes in Worte und Begriffe zu fassen, so stößt man fort und fort auf Hindernisse. Denn was Einzelberichte der Zeitgenossen über Leben und Charakter einer hervorragenden Persönlichkeit zu sagen wissen, befähigt den Nachlebenden durchaus nicht, die ganze Fülle einer reichen Individualität wirklich zu verstehen, könnten doch selbst die Mitlebenden nicht ganz in sie eindringen. So bringt Wackenroder der Beurteilung einer fremden Wesensart dieselbe Skepsis wie jenen entgegen, die ursprüngliche künstlerische Begabung in bestimmte Formeln gießen wollten. Denn auch hier findet er wieder das geheimnisvolle Walten der Gottheit, uns aber bleibt, wie er meint, nichts übrig, als mit leerer Verwunderung die unbegreiflichen Erscheinungen anzustaunen. Trotzdem will Wackenroder nicht darauf verzichten, wenigstens einzelne Züge anzuführen, aus denen der Leser sich selbst eine Vorstellung von dem Charakter jenes merkwürdigen Mannes bilden kann.

Wenigstens so viel Licht sucht er zu verbreiten als der begrenzten menschlichen Fähigkeit möglich ist. Dazu greift er auf, was ihm Vasaris Berichte boten, und verfährt in den Einzelheiten mit großer Genauigkeit. Hätte aber Wackenroder ein achtsameres Auge für Cosimos künstlerische Tätigkeit, die Vasari so ausführlich beschreibt, gehabt, so hätte ihm auch hier manches deutlich gemacht, daß der Künstler wirklich jener Fantast war, als den er ihn stets zu zeichnen bemüht ist.

So malte Piero (Vasari III, 1, 82) einst die Madonna, die gerade der Erde entnommen wird. Die heilige Jungfrau wendet ihr verklärtes Antlitz zum Himmel, ihre Mienen erglänzen im Scheine der Strahlen, die von der Taube des heiligen Geistes ausgehen, und ebenso ist die Landschaft im Hintergrunde, voll der schönsten und seltsamsten Gewächse, in helles Licht getaucht. Wie sehr kontrastiert aber zu diesem Gemälde seeligen Friedens die Bemalung des Rahmens, die sich keineswegs mit der Aufgabe begnügt, bloß harmloser Aufputz zu sein. Statt milden Himmelslichtes gewahren wir plötzlich feurige Gluten aus den Augen eines Ungeheuers hervorströmen. Cosimo stellte hier die Schlange dar, deren Leib sich gerade die heilige Margarethe entwindet. Sein Vermögen, das Gräßliche zu gestalten, soll sich hier so mächtig offenbart haben, daß sich Vasari alsbald wieder zu dem Lobe versteigt, er meine nicht, daß noch jemand diese Dinge habe besser gestalten können.

Sicherlich gibt es kaum ein charakteristischeres Beispiel für eine besonders ausschweifende Einbildungskraft, als wenn gerade in dem Augenblicke, da der ungeberdige Sinn sich ruhiger Mäßigung ergeben hat, urplötzlich die Wildheit wieder hervorbricht und einen Gegensatz schafft, der den Beschauer nirgends einen Konzentrationspunkt für sein Interesse finden läßt. So war Cosimo doch nicht, wie Wackenroder meinte, ganz unfähig, sich zeitweilig zu ruhiger Schönheit aufzuschwingen; daß er sie aber, wie dieses Beispiel dartut, hinterher absichtlich trübte, ist gerade der sprechendste Beweis für seine absonderliche Gemütsart. Weit weniger anschaulich wäre dies selbst durch das dem Herzog Julius von Medici zugedachte Ungeheuer geworden, denn trieb auch hier Cosimos Fantastik ihre höchsten Blüten, so mangelte hier der Kontrast, der im anderen Falle ein so beredtes Zeugnis abgelegt hatte. (Das zweite Gemälde bei Vasari a. a. O. S. 82.)

Es wurde schon betont, daß Wackenroder der rein künstlerischen Seite von Cosimos Leben und Wirken keine Aufmerksamkeit schenkt. Zeigt uns Vasari den Kunstnovizen in der Schule Cosimo Rosellis, wo er an Größe der Auffassung und Reichtum der Erfindung seine Mitschüler weit überragte, so begnügt sich Wackenroder mit dem Hinweise, daß schon den Jüngling der hohe Flug der Fantasie kennzeichnete, der im späteren Lebensalter sich stets kräftiger regte. Wie Vasari mitzuteilen weiß, verweilte Pieros Aufmerksamkeit nie an einem Orte, flugs schweiften seine Gedanken vom einen zum anderen, so daß er es nie vermochte, den Faden einer begonnenen Erzählung ruhig fortzuspinnen. Der Reichtum seiner Ideen lenkte ihn stets in ein anderes Fahrwasser, und bald sah er sich genötigt, wieder den Ausgangspunkt zu suchen. Erst Wackenroder betont aber, daß es stets fremdartige und seltsame Erzählungen waren, die den gleichmäßigen Fluß des Berichtes verhinderten, wie ihm auch der Gedanke kam, den Künstler von der Arbeit weg erzählen zu lassen. Aus Vasari (a. a. O. S. 76) kennen wir Cosimos große Liebe zur Einsamkeit, die auch Wackenroder bestätigt und in gleicher Weise begründet: um sich den Streifzügen der Einbildungskraft ungestörter überlassen zu können. Daranschließen sich nun bei Wackenroder, da Vasari sich zu den ersten künstlerischen Arbeiten Cosimos wendet, sogleich die von Vasari (a. a. O. S. 77 ff.) angeführten weit deutlicheren Beispiele für Piero di Cosimos seltsame Charakteranlage. Können wir Vasari vertrauen, so zeigte sich Cosimos Überspanntheit erst nach dem Tode seines Meisters Roselli im vollen Umfange. Besonders merkwürdig gestaltete sich seine tägliche Lebensweise. Es war ihm unmöglich, eine bestimmte Speisestunde einzuhalten, er begehrte zu essen, wenn er gerade Hunger empfand, verbot, seine Zimmer zu räumen oder die Bäume seines Gartens zu beschneiden. Liegen hier keine Übertreibungen vor, so ist Vasaris Urteil, Cosimo habe mehr wie eine Bestie als ein Mensch gelebt, keineswegs unbegreiflich. Wackenroder schließt sich diesen Angaben genau an, nur weiß Vasari nichts davon, daß Cosimo sich die Speisen auch selbst bereitete; vielleicht knüpft Wackenroder hier an Vasaris Bericht (III, 1, 86) an, demzufolge Cosimos Nahrung aus harten Eiern bestand, die er jedesmal, wenn er Leim kochte, zur Ersparung des Feuers gleich zu vierzig bis fünfzig Stück sieden ließ. Ob er dabei selbst tätig war, läßt diese Mitteilung freilich im Unklaren. Zudem enthält sich Wackenroder der Anspielung auf das „Leben der Bestien"; im Gegensatze zu Vasari, bei dem alle diese Absonderlichkeiten Cosimos mit dem Tode Rosellis beginnen, fehlt bei Wackenroder die Feststellung des Zeitpunktes.

Konnte Piero di Cosimo durch ein solches Gebaren im täglichen Leben mit Recht der Titel eines Sonderlings beigelegt werden, so ist auch seine Vorliebe für monströse Gemälde aus der Pflanzen- und Tierwelt nicht weniger merkwürdig. Mit einer an Wackenroders Einleitungsworte anklingenden Wendung erzählt Vasari, der seltsame Mann hätte mit Vorliebe aufgesucht, was die Natur „aus Laune oder zufällig gestaltet". Wenn er hier berichtet, mit welcher Freude Cosimo diese Dinge oft bis zum Überdruß seiner Zuhörer erzählt habe, so vergißt Wackenroder nicht, die gespannte Aufmerksamkeit bei der Betrachtung selbst hervorzuheben, und es bezeichnet Piero di Cosimos Natur sehr treffend, wenn er ihn das „Häßliche begierig genießen" läßt. Auch ein Skizzenbuch Pieros, dem diese Studien reiches Material boten, erwähnt Wackenroder in gleicher Weise wie Vasari. Heute ist dieses Buch, wie die „neue florentinische Ausgabe" von Vasaris Werk meldet, verschollen.

Aber Cosimo behielt nicht nur im Gedächtnisse, was es Merkwürdiges und Absonderliches in der Außenwelt zu schauen gab, er wußte sogar manches, wovon sich die Mehrzahl der Menschen mit Ekel abwendet, für sich dienstbar zu machen und in seiner Fantasie schöpferisch auszugestalten. Mit Staunen erfahren wir von Vasari, daß unser Meister ruhigen Blutes, ja mit großem Vergnügen Mauern, die vom Auswurf kranker Leute beschmutzt waren, betrachtet und daraus für seine künstlerischen Arbeiten Anregung empfangen habe. Den Zusatz, daß auch Wolkenbildungen in ihren verschiedensten Formen seine Teilnahme weckten, werden wir allerdings ohne Verwunderung lesen. Wackenroder folgt auch hierin genau, doch mit mehr stilistischer Prägnanz, indem er über das Studium der befleckten Mauern und der Wolkenbildungen, wofür Vasari zwei Sätze nötig hat, kurzweg in einem einzigen berichtet. Zudem sucht er den Ausdruck ein wenig zu mildern, denn das wenig ästhetische Bild des Auswurfes kranker Leute bleibt uns erspart, und wir erfahren nur ganz allgemein von befleckten Mauern.

Recht glücklich sind oft Wackenroders kleine Umbildungen, – sie betreffen hier nur Reihenfolge und Darstellungsweise – wenn von Piero di Cosimos oft recht widerspruchsvollem Verhalten gegen Sinneseinwirkungen die Rede ist.

Das Künstlerauge betrachtete, wie Vasari (a. a. O. S. 86) mitteilt, den geradlinig von den Dächern herabströmenden Regen mit Wohlgefallen, aber der Blitz erschreckte Cosimo heftig, und gegen starke Geräusche (Kindergeschrei, Glockengeläute usw.) war er vollends empfindlich. Mit großer Geschicklichkeit verwertet Wackenroder diese Angaben. Zunächst ist seine Anordnung besser und übersichtlicher. Die oben angeführten Geräusche weist er der einen, alles aufs Gewitter Bezügliche der anderen von ihm scharf umgrenzten Gruppe zu. Einen Übergang wie den Vasaris: „Das Singen der Mönche war ihm lästig, wenn aber der Himmel sich im Regen ergoß, so machte es ihm Vergnügen, das Wasser in gerader Linie von den Dächern herabstürzen zu sehen", treffen wir bei ihm nicht. Er beging nicht den Fehler, in dieser Weise optische und akustische Eindrücke miteinander zu vermengen. Überhaupt wendet Wackenroder alles ins akustische Gebiet. Nicht an dem Anblicke des Wassers ergötzt sich Piero di Cosimo, aber das starke Aufprasseln des Regens aufs Dach vernimmt er mit Freude, und an Stelle des Blitzes treibt der Donner den Meister in die Stubenecke; eine beachtenswerte Änderung, da hier der

Unschädlichkeit der Erscheinung wegen bloß der reine Effekt deutlich wird. Ist nun auch von den anderen Geräuschen die Rede, so wird die Angliederung leichter und passender.

Recht wenig läßt sich aus Wackenroder für Piero di Cosimos gesellige Eigenschaften ersehen; auch was Vasari hierfür bot, ist äußerst dürftig. Er weiß nur zu vermelden, daß Piero di Cosimo humoristische Begabung besaß und im Gespräch die Zuhörer oft zu stürmischer Heiterkeit fortriß. Wackenroder übersah dies nicht(S. 91) und ließ überdies durchblicken, daß die sonderbaren Züge seines Charakters ihm in der Beurteilung der Menschen sehr schadeten. Freilich ist es wenig passend, wie Wackenroder unmittelbar vorher gesellige Vorzüge zu preisen und dann abzuschließen: „In Summa, er war so beschaffen, daß die Leute seiner Zeit ihn für einen höchst verwirrten und beinahe wahnsinnigen Kopf ausgaben." Diese letzte Bemerkung stammt ebenfalls aus Vasari, der (a. a. O. S. 78) erzählt, wie sehr Cosimo durch seine „bestialische Lebensweise" in der Achtung seiner Zeitgenossen sank und daß er allgemein für einen Narren gehalten wurde.

Daß Wackenroder jenes Madonnenbild nicht berücksichtigte, brachte ihn um ein sehr treffendes Beispiel, aber er ersetzt dieses durch ein noch weit wirksameres, dem auch Vasari reichliche Beachtung widmete. Es gab Gelegenheiten, wo die Florentiner ganz zufrieden waren, den unheimlichen Gesellen Piero di Cosimo in ihrer Mitte zu haben. Kam die Zeit des Karnevals und regte sich das Verlangen nach Maskenspielen und Festzügen, so war gerade Piero di Cosimo der Mann, um mit nie versiegender Erfindungsgabe der verwöhnten Jugend der Stadt stets durch neue Lustbarkeiten zu schmeicheln. Ihm, der schon früh zur Ordnung und Einrichtung der Festzüge berufen wurde, dankten die Teilnehmer manche schätzenswerte Verbesserung; Vasari weiß uns manche Einzelheit mitzuteilen. Wackenroder übergeht diese Detailberichte und begnügt sich, einfach einen großen Aufschwung der Festlichkeiten festzustellen. Sehr treffend vergleicht er dabei des Künstlers überaus lebhaften Geist mit einem Kessel siedenden Wassers, das Schaum und Blasen treibt.

Unter den verschiedenen Festzügen, die Piero di Cosimo Jahr für Jahr einrichtete, fiel Vasari besonders einer stark auf, der mit großer Deutlichkeit die fantastischen Anlagen seines Erfinders erkennen läßt. Vasari weiß fein auseinander zu setzen, warum sich das menschliche Gemüt gegen Darbietungen dieser Art keineswegs sträube. Wir lieben ja nicht bloß süße Speisen, vieles mundet uns gerade seiner Herbheit wegen, und ist denn nicht das Vergnügen an der Tragödie das sprechendste und großartigste Zeugnis für die Möglichkeit, auch an der Betrachtung von Jammer und Elend Gefallen zu finden, wofern nur, wie Vasari hinzusetzt, alles „mit Einsicht und Kunst geordnet ist"? So machten sich denn auch tatsächlich bei den Zuschauern dieses Festzuges, sobald sie über den ersten peinlichen Eindruck hinweggekommen waren, die Empfindungen geltend, die Vasari mit scharfer Beobachtung als Wirkung des Tragischen im Kunstwerke erkannt hatte. Ihr anfängliches Unbehagen verwandelte sich bald in fröhliche Billigung.

Was sich da abspielte, war freilich seltsam genug. Mitten ins lärmende Festgewühl fährt plötzlich, von vier schwarzen Büffeln gezogen, ein mächtiger Wagen, ganz mit Gegenständen bemalt, die an den Tod erinnern. Hoch oben aber erhebt sich die schreckliche Gestalt des Würgers mit der Sense in der Hand, rings umgeben von bedeckten Särgen, die sich an jedem Punkte, wo der Zug hält, auftun und die Toten entlassen, die ihr Inneres birgt. Da steigen denn hohe Gestalten empor, ganz in Trauergewänder gehüllt, auf deren düsterem Schwarz in grausigem Kontraste die weißen Knochen eines Totengerippes gemalt sind. Unter den dumpfen Tönen der Trompeten setzen sich die Toten auf ihre Särge und stimmen das Lied der Vergänglichkeit (Dolor, pianto e penitencia usw.) an. Auf hageren Gäulen, eigens für diesen Zweck ausgewählt, folgen dem Wagen eine Menge Toter, mit denselben grauenvollen Bemalungen der Gewänder. Eine große Fahne, ebenfalls mit den Insignien des Todes, wird jedem der Reiter nachgetragen, und noch zehn schwarze Fahnen, die dem Wagen nachgetragen wurden, vervollständigen das grauenvolle Bild. Langsam setzt sich der Zug in Bewegung und singt dazu einen Psalm Davids, eine Frivolität, die Bottari (Vasari III, 80, Anm. 7) mit Recht tadelt; weder Vasari noch merkwürdigerweise Wackenroder nehmen Anstoß daran.

Hier läßt Wackenroder das Sachliche völlig unberührt; wo er in der Darstellungsweise von Vasari abweicht, geschieht es, um die Anschaulichkeit der Situation zu vermehren, ein Bestreben, dem wir ihn schon oft dienstbar sahen. Er legt Wert darauf, von Anfang an die Gegensätze ins rechte Licht treten zu lassen, und macht nachdrücklich aufmerksam, daß der grausige Scherz gerade die lauteste Festfreude unterbrach. Vasari unterläßt das, wenn er auch, um die Überraschung anzudeuten, hervorhebt, daß die Vorbereitungen ganz im Stillen vor sich gingen. Sodann zeigt er schon während der Darstellung den Eindruck auf die Zuschauer, die von heftigem Schrecken über die Begebenheiten erfüllt werden, während Vasari erst später (a. a. O. S. 80) dieser Wirkungen gedenkt. Von den einzelnen Stadien des Zuges aus hält er stets Rückschau auf die Beobachter. Entsteigen die Toten ihren Gräbern, so setzt er in Parenthese: „wobei alles Volk von einem stillen Grauen ergriffen ward", und die Wirkung des Gesanges ist so stark, daß er „das Blut in den Adern gerinnen macht". Größeres Geschick in der Anordnung beweist abermals, daß er den Gedankengang jener Kanzone, alle jetzt Lebendigen würden einst, gleich den Sängern, Tote sein, hier schon skizziert, während man bei Vasari diesen Inhalt erst einem späteren Zitat, zu anderen Zwecken gegeben, entnehmen kann. Eine Abschwächung gegenüber Vasaris Darstellung mag es bedeuten, daß er den Farbenkontrast der schwarzen Kleidung und ihrer weißen Bemalung nicht erkennen läßt und bloß von „weißen Gerippen" redet. Von den Mitteln der Spannung ist zudem ein ausgedehnter Gebrauch gemacht. Der Wagen wird nicht, wie bei Vasari, gleich mit seinem rechten Namen als der „des Todes" bezeichnet, zuerst kommt einfach „ein großer schwarzer Wagen" langsam heran; erst die Totengerippe und die Gestalt des schrecklichen Würgers, den Wackenroder, den Eindruck verstärkend, nicht ruhig dastehen, sondern wie er sich ausdrückt, „umherstolzieren" läßt, machen den Zweck der ganzen Handlung offenbar. Ganz wunderbar ist stellenweise die Behandlung der Sprache; in ausgezeichneter Weise wird das träge Dahinschleichen des Zuges gemalt: „Es näherte sich durch die dämmernde Nacht schwer und langsam" usw. Ebenso markiert in dem Satze: „Aber der langsame Zug hielt an", der schwere Ton auf dem „an", treffend den Stillstand des Gefährtes. Für den Erfolg des Festzuges sucht auch Wackenroder nach tieferen psychologischen Gründen, beobachtet wie Vasari einen durch schaurige Eindrücke hervorgerufenen Lusteffekt und geht sogar noch einen Schritt weiter als jener. Ohne Einschränkungen sind ihm schmerzliche und widrige Empfindungen überhaupt geeignet, die Teilnahme der Seele rege zu machen; kommt dann noch poetische Kraft dazu, so ist hohe, begeisterte Spannung sicher. Er läßt im Gegensatze zu Vasari nichts davon verlauten, daß Cosimos Unternehmung für keinen geeigneten Karnevalsscherz galt, gerade wie ihm, hier seinem Gewährsmann ganz gleich, das Absingen des Psalmes keinerlei Skrupel bereitete. Der superklugen Deutung einiger Zeitgenossen des Malers, die in den Toten die vertriebenen Mediceer und in den Worten ihres Gesanges Fummo già come voi siete, voi sarete come noi eine Profezeiung ihrer Rückkehr erblicken wollten, setzt schon Vasari die richtige Bemerkung entgegen, „man strebe stets frühere Werke und Handlungen auf nachfolgende Ereignisse zu beziehen", und Wackenroder widmet der ganzen Hypothese kein Sterbenswörtchen. Er gelangt nun, da Vasari in der Betrachtung von Cosimos künstlerischer Tätigkeit fortfährt, sodann erst kleine biographische Einzelheiten, wie seine Empfindlichkeit gegen Geräusche usw., die Wackenroders geschicktere Gruppierung bereits mit früheren Angaben Vasaris vereinigt hatte, beibringt, dazu, des Malers wachsende Reizbarkeit in vorgerückten Jahren anschaulich zu machen. Daß Piero di Cosimo als Greis recht mürrisch und verdrießlich wurde, die Unterstützung der Malerjungen schroff ablehnte, konnte Vasaris Berichten entnommen werden, aber Vasaris Zusatz, aller Beistand hätte dem alten Maler infolge seines brutalen Wesens schließlich gefehlt, wird von Wackenroder ignoriert. Dagegen hören wir, wieder Vasari entsprechend, daß Cosimo gichtischer Schmerzen ungeachtet, Pinsel und Malerstock in den Händen zu halten suchte und daß seine Gereiztheit schon den Anblick der Fliege an der Wand schmerzlich empfand. Liest man ferner bei Vasari, daß der Künstler trotz hohen Alters vom Tode nichts hören mochte, so finden wir dasselbe bei Wackenroder wieder, da er aber des religiösen Verhaltens bei Cosimo so wenig gedenkt als bei Lionardo da Vinci, so muß er nicht wie Vasari, der Cosimos Scheu vor Beichte nicht verschweigen kann, nachdrücklich auf seine Frömmigkeit hinweisen, die ihn trotz des „bestialischen Lebens" niemals verlassen habe. Beiden Darstellungen läßt sich ferner entnehmen, daß Piero di Cosimo vor langer Krankheit gebangt und lebhaft gewünscht habe, mit einem Male aus der Welt zu gehen. Vasaris sehr eingehende Schilderung der verschiedenen Leiden und Belästigungen des Kranken, die Piero di Cosimo hauptsächlich scheute, ist allerdings sehr verkürzt und verallgemeinert; allzu Derbes soll auch hier keinen Platz finden. In ganz unbestimmten Worten schildert in Wackenroders Darstellung der Alte, dem nichts unerträglicher war als ein langes Siechtum, die schreckliche Entbehrung von Speise und Schlaf, und mit Schaudern durchlebt er das Gefühl des Todgeweihten, der das Klagen und Jammern der Verwandten vernimmt, die sein Lager umstehen. Nach Vasari (a. a. O. S. 87) hielt Piero di Cosimo, charakteristisch für seine Gemütsart, den Tod auf dem Hochgericht für das glücklichste Ende. Auch hier erstickte die Freude am Schrecklichen und Grauenvollen jede andere Empfindung in ihm, und er schwelgte mit Genuß in der Vorstellung, im bunten Gewühl der Menge, unter den Gebeten des Volkes und der Priester ins Himmelreich emporzusteigen. Wackenroder folgt wiederum getreulich, nur Vasaris Anspielung auf die Henkersmahlzeit konnte eine Darstellung nicht gebrauchen, die wie bei Wackenroder besonders widrige Eindrücke abzuschwächen suchte.

Den Rest des Lebens, das dieser merkwürdige Mann führte, faßt Vasari in die Worte zusammen: „So schrieb er allen Dingen die seltsamste Deutung zu, und seine wunderlichen Gedanken waren schuld, daß er ein wunderliches Leben führte" (a. a. O. S. 87), erklärt also folgerichtig den Lebensgang aus der Charakteranlage. Wackenroders abschließende Bemerkung: „In solchen Gedanken schwärmte er unaufhörlich fort", verrät das Vorbild dieses Satzes. Mit chronistischer Knappheit verzeichnet er hierauf Cosimos Ableben, der freilich nicht am Hochgerichte starb, dennoch aber nicht in langem Siechtum dem Tode entgegenwelkte. Man fand ihn eines Tages entseelt am Fuß der Treppe, wie Vasari berichtet. Die Angabe der Jahreszahl und des Begräbnisortes (1521, St. Piermaggiore) nahm Wackenroder nicht in seine Erzählung auf.

Wir wissen, daß Wackenroder dem Künstler Piero di Cosimo keine Charakteristik gönnt. Doch will er, da (S. 95) Vasari als Quelle genannt ist, wenigstens andeuten, welches Bild sich dieser von Cosimos künstlerischer Individualität machte.

Was er uns hier sagt, ist allerdings nicht ganz wahrheitsgemäß. Vasari sollte von einer besonderen Vorliebe Piero di Cosimos für die Darstellung von „wilden Bacchanalen und Orgia, fürchterlichen Ungeheuern oder sonst irgend schreckhaften Vorstellungen" gesprochen haben, was sich aber nirgends nachweisen läßt. Denn ist auch (III, 1, 85) von den Bacchanalen die Rede, die Piero di Cosimo im Auftrage des Giovanni Vespucci malte, so ist doch an keiner Stelle behauptet, daß diese Art von Malerei etwa den Kern seiner künstlerischen Produktionen gebildet hätte. Jedem Leser von Vasaris Biographie müßte zudem eine solche Bemerkung höchst widersinnig vorkommen, liest er doch dort von soviel Gemälden ganz anderer Art, von Porträts berühmter Persönlichkeiten (so bei Vasari des Herzogs Valentinos, Sohnes Alexanders VI.) oder von Bildern, die sich ihren Stoffkreis aus dem Neuen Testament (Heimsuchung Mariä, Vasari) holen. Freilich treten die „Seltsamkeiten" des Künstlers, von Wackenroder selbst nur nach der persönlichen Seite hin beobachtet, auch in der Produktion zutage, hatte er in dem besprochenen Marienbilde fantastischen Geist bewiesen, und in charakteristischer Weise milde Schönheit und höllischen Schauder vereinigt, so widmete er später Julian von Medici das Bild eines furchtbaren Seeungeheuers, lockten ihn Stoffe, wie die Befreiung der Andromeda, und entfaltete er in dem Francesco Pugliese zugedachten Gemälden den ganzen Reichtum einer eigenartigen

Einbildungskraft. Das alles aber verführte Vasari noch nicht zu einer Bemerkung, wie sie Wackenroder für ihn in Anspruch nimmt.

Dagegen spricht Vasari wiederholt von Piero di Cosimos Fleiß und Kunsteifer und machte auch, Wackenroders Angabe gemäß, die Bemerkung, daß der Kunstfleiß schwermütiger Naturen meist ernster und andauernder sei als der leichtblütiger. Das steht, wie schon Wackenroder hervorhebt, im Leben des Antonio Sogliani; nirgends aber erhebt Vasari gegen die Eignung eines Menschen wie Cosimo zur künstlerischen Tätigkeit irgendwelche Einwände. Dieser Zweifel stieg erst Wackenroder auf, wie es auch ihm erst einfiel, dem unruhigen Brausekopfe Piero di Cosimo die besonnene Klarheit eines Lionardo da Vinci entgegenzuhalten, die diesen zu seinem Nutzen stets in der Bahn des Irdischen festhielt. Nur soviel läßt sich aus Vasari, der jeden Vergleich vermeidet, für das Verhältnis dieser Meister erkennen, daß Piero di Cosimo gerade Lionardos Werke mit besonderem Eifer studiert und nachgeahmt habe, wenn sich dann auch, wie er nachdrücklich hinzusetzt, bei dem reiferen Cosimo eine eigene, von der seines großen Vorbildes gänzlich verschiedenen Art ausbildete.

Was Wackenroder mit seinem wunderbaren Gleichnis von dem klaren Flusse für die Künstlerseele forderte, besaß Piero di Cosimo nicht, Vasari aber kam dies nicht zum Bewußtsein.

IV

D i e   G r ö ß e   d e s   M i c h e l a n g e l o   B u o n a r o t t i . Wer bei diesem Kapitel angelangt, an Wackenroders Charakteristik von Lionardo da Vinci zurückdenkt, wird bei Michelangelo wirklich durchgeführt sehen, was bei seinem großen Rivalen nur geplant war: Unbekümmert um die geschichtliche Folge von Leben und Schaffen sucht Wackenroder bloß die Eigenart eines großen Meisters deutlich zu machen. Wir hören seine Absicht, Lionardo als das Muster in einem wahrhaft gelehrten und gründlichen Studium der Kunst, und als das Bild eines unermüdlichen und dabei geistreichen Fleißes darzustellen (S. 35), sehen ihn aber gleich anfangs in den Ton des Biographen fallen, dann sich der Hauptsache erinnernd, Beispiele aus verschiedenen Lebensperioden vereinigen, um dann wieder auch ohne sehr strenge Methodik den Pfad geschichtlicher Betrachtung an der Hand seines Gewährsmannes weiterzuwandeln. Ein solcher Zwiespalt in der Anlage ist hinsichtlich Michelangelos nicht mehr zu beobachten. Nicht nur ist alles Biographische ausgeschieden und jede Chronologie hintangesetzt, auch kein einziges Werk wird irgendwie namhaft gemacht. Von allen Persönlichkeiten, mit denen sich die „Herzensergießungen" beschäftigen, wird keiner geringerer Raum zugemessen als dem großen Buonarotti. Ohne sich ins breite Detail der Tatsachen zu verlieren, benützt Wackenroder einfach ihre Ergebnisse, um für die Größe Michelangelos den entscheidenden Punkt zu finden.

An der überreichen Fülle von Einzelheiten, deren die sehr umfangreiche Biographie Michelangelos aus Vasaris Feder gedachte, blieb Wackenroders Blick nicht haften. Aber Vasari versuchte auch, die Bedeutung Michelangelos in seiner Weise zusammenfassend zu würdigen, und dieser durchaus nicht in allen Punkten glücklichen Charakteristik stellte Wackenroder die seine gegenüber. Aus Vasaris Einleitung, die Wackenroder seiner Darstellung voranschickt und zwei anderen Stellen der Biographie (a. a. O. S. 346 und 417) läßt sich das Gesamturteil unseres Chronisten über seinen Gönner und Freund Michelangelo ableiten. Es lautet so enthusiastisch als möglich. Nach den begeisterten Worten der Vasarischen Einleitung war Michelangelo ein Gottgesandter, seine Bestimmung, der stets irrenden, vergeblich strebenden Menschheit ein Lehrmeister der echten und wahren Kunst in allen ihren Teilen zu werden.

Niemand erhob sich höher als Zeichner (nach S. 347 ging ihm Zeichnung über koloristische Behandlung), niemand bewies größeres Geschick als Bildhauer, niemandem glückte als Baumeister ein idealerer Typus des Wohnhauses. Aber kühn vorwärtsstrebend durchstreifte dieser gewaltige Geist andere Gebiete mit demselben rastlosen Eifer; auch ihm schenkte zudem Apollo des Gesanges Gabe, und vollends machte ihn die Lauterkeit des Charakters zum leuchtenden Beispiele für die Zeitgenossen. Hört man eine solche Lobpreisung, so wird man sicherlich wissen, daß man eine bedeutende und vielseitige Persönlichkeit vor sich hat; wie aber diese Persönlichkeit ihrer ganz besonderen Eigenart nach war, kann niemand daraus lernen. Und auch später, wo eigentliche Kunstprobleme mehr in den Vordergrund treten, konnte Vasari der Aufgabe, spezifisch Michelangeloschen Geist aus den Werken zu verkünden, keineswegs gerecht werden. Bei Besprechung der Deckengemälde in der Sixtinischen Kapelle versucht Vasari, Michelangelos Superiorität über andere Meister zu erweisen, beobachtet aber nichts als eine „neue große Manier des Nackten" und die größten Schwierigkeiten der Zeichnung. Noch allgemeiner und unbestimmter kontrastiert er dann in der recht dürftigen Gesamtübersicht von Michelangelos Kunst nach dessen Ableben an den Werken „Kunst, Anmut und Lebendigkeit", die ihn für das entzückte Auge des Entusiasten über die Alten erhob; er rühmt die ungezwungene, spielende Überwindung der Schwierigkeit, die erst dem kopierenden Kunstbeflissenen deutlich werde, aber alles das müßte nicht gerade von Michelangelo gesagt werden. Diese Unfähigkeit, die individuelle Beschaffenheit klar zu schildern, merkte Wackenroder wohl an Vasari, und überdies erregte die blinde Vergötterung, die „sich mit dem bloßen Anstaunen begnüge", selbst in seiner schwärmerisch gestimmten Seele kein unbedingtes Wohlgefallen. Farblos und ungenügend erschien ihm eine Darstellung, die dem Kunstwerke kaum mehr als ein allgemeines Lob, wie „schön und vortrefflich", zu spenden vermochte; er fühlte den Trieb nach größerer Vertiefung und bezeichnet es selbst als seinen Plan, in den innern Geist seines Mannes einzudringen, die ihm allein zukommenden Eigenschaften zu entwickeln.

Gleich am Anfang schlägt Wackenroder einen Weg der Charakteristik ein, den Vasari zu seinem Schaden nicht gegangen ist. Er sucht durch Kontrastierung mit anderen Künstlern das Bild seines Meisters in ein schärferes Licht zu rücken. Er beobachtet mit Glück, daß sich Dichtkunst und Malerei im Gebiet des seelischen Ausdruckes begegnen und in beiden Künsten stets der Gegensatz von feurig überschäumender Kraft und stiller Beschaulichkeit zutage trete. Schon Lionardo wurde andeutungsweise mit Raffael verglichen und mit unnachahmlicher Anschaulichkeit beider Kunstarten gesondert, hier soll die ehrfurchtgebietende Individualität Michelangelos durch vergleichenden Ausblick auf die stille Klarheit des „göttlichen Raffael" gekennzeichnet werden. Hier, wie immer bei Wackenroder, wird selbstredend keine Auffassungsweise perhorresziert, jeder wird in seiner Art dankbar gewürdigt. Und hatte er früher, Lionardosche und Raffaelsche Kunst wechselseitig abwägend, den Gegensatz des Starken und Zarten, des Männlichen und Weiblichen nicht besser als durch die Züge des Greises einer-, der Jungfrau andererseits aufzeigen können, so sind ihm Michelangelo und Raffael die künstlerischen Vertreter zweier verschiedenen Bekenntnisse. Die Weisheit mosaischer Profeten und die Gefühlsweise morgenländischer Dichter spricht aus Michelangelo, die sanfte Stille des christlichen Gemütes aus Raffael. Wie in dem Blumengarten der orientalischen Poesie die absonderlichsten Gewächse keimen, so entspringt dem Riesengeiste Buonarottis das Außerordentliche und Übermächtige. Wie seine Gestalten eine titanische Kraft durchdringt, seine Wahl so gerne auf „erhabene und furchtbare Gegenstände" fällt, und seine Stellungen oft die fantastischste Verzerrung aufweisen, so treibt auch in jener Literatur eine übergewaltige Fantasie einen unerschöpflichen Reichtum feuriger Bilder und Gleichnisse hervor. Freilich mußte er, um solches auszusprechen, selbst wachsamen Auges die verborgenen Tiefen einer Künstlerindividualität durchspüren, denn durchaus nicht in allen Punkten ging ihm hier Vasari an die Hand! Zunächst konnte er freilich für das von Wackenroder flüchtig berührte persönliche Verhältnis, das ihn mit Michelangelo verband, nicht geringes Material liefern.

Er rühmt tatsächlich mit herzlichem patriotischen Gefühl Florenz als vornehmste Beschützerin der Künste, er jubelt, sich einen Zeitgenossen Michelangelos nennen zu dürfen (bei Wackenroder bezieht sich das auf den Ort). Den jungen Kunstschüler empfiehlt Michelangelo an Andrea del Sarto und bemüht sich in eigener Person in die Werkstatt (S. 321), wiederholt (S. 390, 437) wird der Verkehr freundschaftlich und vertraut genannt, oft (S. 388, 390, 372, 380, 382 u. a.) werden Briefe zitiert; auch die angenehme Pflicht der Gastfreundschaft durfte Vasari einmal in Rom gegen den verehrten Meister erfüllen, einmal sogar in häuslichen Angelegenheiten (S. 416) ein Votum abgeben, und manches Kunstproblem in behaglicher Diskussion miterörtern.

Aber gerade den Mittelpunkt von Michelangelos Eigenart vermochte Vasari nicht zu treffen, trotz seiner fortdauernden liebevollen Beschäftigung mit seinem großen Vorbilde. Wackenroder betonte in erster Linie die Kraft, die Michelangelo in seine Personen zu legen wußte; was findet man aber bei Vasari darüber?

Die „große Manier in der Behandlung des Nackten" (S. 418), die nach Vasaris Wertung Michelangelo über seine Gefährten stellt, läßt den Gedanken Wackenroders nur ahnen, und wenn Michelangelo Gestalten von zehn bis zwölf Kopflängen macht (S. 419), so ist der Grund „eine gewisse übereinstimmende Anmut", ebenso weist die hochberühmte Statue des David (S. 314) nur „unvergleichliche Anmut" auf, die dem Beschauer die „schönen Umrisse der Beine", die „Verbindung der Glieder", die „göttliche Schlankheit der Seiten" verraten. Selbst der „Moses" (S. 292) bot Vasari keine Gelegenheit, auf die staunenswerte Herausbildung der fast übermenschlichen Kraft aufmerksam zu machen, so gut gerade die Charakteristik dieser Statue ist; die wunderbare Weichheit der Barthaare, die Michelangelo hier wie sonst nur dem Maler gelang, gibt zu der hübschen Bemerkung Anlaß, hier sei der Meißel zum Pinsel geworden; die strahlende Herrlichkeit des Angesichtes wird in der Treue ihrer Wiedergabe hochgerühmt und hinzugesetzt: „Betrachtet man ihn, so glaubt man, er werde den Schleier fordern, der sein Angesicht verhülle." Erhabene und furchtbare Gegenstände, die ihm Wackenroder zuschreibt, wählte Michelangelo tatsächlich sehr häufig, dafür zeugt manches Beispiel Vasaris, obwohl er selbst nie unmittelbar darauf aufmerksam macht. Aber dafür hört man (S. 380 ff.) von den Deckengemälden der Sixtina, die das Kindheitsalter des Menschen in Freud und Leid zur Darstellung bringen; auf den Eckbildern der Tragbalken ist zudem mit recht grausigen Situationen, wie der Ermordung des Holofernes, oder jener furchtbaren Schlangenheimsuchung in Moses' Lager, der die Schlange des Heiles später ein Ziel setzt, nicht gekargt. Sanftere Empfindungen wecken dann Bilder wie Christus am Kreuz (S. 324) oder die wunderbare Personifikation von Tag und Nacht, Morgen und Abend, Dämmerung auf den Grabdenkmälern der Herzöge von Medici (S. 324). Um endlich die kühnen und wilden Stellungen einer großen Anzahl Michelangeloscher Figuren hervorzuheben, bedurfte es keines Anschlusses an Vasari; die eigentümliche Verzerrung der Gebärden in der Madonna des Angelo Doni oder den „Sibyllen und Sklaven" ist allgemein bekannt. An den seltsamen verschiedenen Bewegungen mancher Figuren des „jüngsten Gerichts" wollte Vasari die Mannigfaltigkeit der Stellungen studieren lassen; besondere Kühnheit oder Wildheit als speziellere Charakteristik wird allerdings nicht hervorgehoben.

Hatte so Vasari für den Fundamentalzug im Wesen Michelangelos nach Wackenroderscher Auffassung keinen Anstoß zur Erkenntnis gegeben, so erregte die souveräne Beherrschung der Muskulatur, die Michelangelo in seinen Werken bewies, immerhin sein Interesse. Es werden hier jene Beobachtungen neuerdings angestellt, die schon bei anderen Malern, z. B. Lionardo, gemacht werden konnten. Wie sonst bei Vasari spielt auch hier das Technische eine namhafte Rolle.

Beim Leichnam Christi (S. 274) wird nachdrücklich hervorgehoben, mit welcher Kunst „Muskeln, Adern und Nerven über die Knochen gelegt seien". Ebenso bewundert Vasari an dem Schöpfer der Medicigräber (S. 326 ff.) auch den gewiegten Kenner der Muskulatur, und auch beim Moses wird der Technik keineswegs vergessen und die Behandlung von Gliedmaßen, Adern, Nerven gewissenhaft mit einbezogen.

Bei diesem von Wackenroder und Vasari gemeinsam berührten Punkte wird uns nun der Hauptunterschied ihrer beiden Auffassungsweisen klar. Während Vasari nicht nach Gründen forschte, auch nirgends einen besonderen Charakter feststellte, sondern sich mit Hervorhebung dieser Einzelheiten, wie sie sich ihm aufdrängten, begnügte, vermochte Wackenroders Anlage und Neigung, den Absichten des Künstlers liebevoll nachzuspüren, zwischen der Eigenart Michelangelos und diesen scheinbaren Äußerlichkeiten das geistige Band wahrzunehmen. Nicht nur Antlitz und Gebärde sollten die hohe Kraft oder trotzige Wildheit atmen, auch jeder noch so kleine Bestandteil der „Menschenmaschine", sei es Muskel, Ader, Nerv, mußten sprechende Zungen dafür sein. Dadurch werden wir freilich auch viel eher den Eifer verstehen, mit dem Michelangelo auch vom theoretischen Standpunkte in seine Kunst einzudringen pflegte, und Lionardo vergleichbar, allen Schwierigkeiten in der Nachahmung des menschlichen Organismus nicht nur kühn die Stirne bot, sondern sie sogar absichtlich aufsuchte. Auch hier folgt wieder ein treffender Ausblick auf die Dichtkunst; Wort und Ausdruck werden ihrer Stellung zum Geist der Dichtung nach betrachtet, und die Wirksamkeit eines bedeutenden Genius bis in diese „sichtbaren, sinnlichen Werkzeuge der Kunst" verfolgt. Die Kenntnis der ausgebreiteten anatomischen Studien Michelangelos durfte auch einer unmittelbaren Mitteilung Vasaris entnommen werden (a. a. O. S. 417), um „seine Zeichenkunst zu fördern" und allen menschlichen Stellungen gerecht zu werden; ja sein ergebener Biograph stellt ihn sogar mit Berufsanatomen auf eine Stufe. Dasselbe tut auch Condivi in seiner Lebensbeschreibung

Michelangelos (§ 56) und berichtet später (§ 60) von seinem Plane, in einer neuen Osteologie Albrecht Dürers Theorien von den Varietäten und Maßen des Menschenkörpers zu bekämpfen. Die Schattenseite von Michelangelos Natur, seine überstarke Einbildungskraft, die ihn, wie Vasari (S. 419) dartut, wie Lionardo bisweilen unlösbaren Problemen zuführte, berücksichtigt Wackenroder auch hier nicht, was freilich bei der Knappheit dieses Kapitels im Gegensatze zu der Breite, zu der sich Wackenroder bei Lionardo genötigt sah, weniger auffällt. Von durchgreifender Verschiedenheit sind die Folgerungen, die Vasari und Wackenroder jeder in seiner Weise aus der Erscheinung Michelangelos ableiten.

Vasari, in seinen Lobsprüchen stets zur Übertreibung geneigt, gibt (S. 308) eine für junge Künstler recht bedenkliche Mahnung. Eine Weiterführung der Kunst über das von Michelangelo erreichte Ziel sei unmöglich, alles nur Denkbare habe er geleistet, und es sei darum unnütz, nach weiteren Ausgestaltungen der Kunstmittel zu trachten. Ebenso hat Michelangelo den Künstlern seiner Zeit alle Hindernisse aus dem Wege geräumt(!), Michelangelo sie gelehrt, das Wahre vom Falschen zu unterscheiden, und sie sollen nun, dem Himmel für ein so köstliches Geschenk dankbar, versuchen, diesen einzigen Meister in allen Stücken nachzuahmen. Mit einer ganz ungerechtfertigten Verachtung früherer Leistungen wird hier also ein höchst gefährlicher Eklektizismus gepredigt; dies führt geradeswegs dazu, mit Unterdrückung persönlicher Eigenart befahrene Bahnen immer wieder zu durchkreisen.

Wie sehr wird aber eine solche Auffassung von den Schlußworten Wackenroders beschämt, so wenig man damit einverstanden sein kann, daß sich die Natur in dieser Zeit an Kunstgenie arm geschenkt habe! Aber auch diese Äußerung verrät größere Liberalität als bei Vasari zu finden war, da ja hier nicht ein einzelner Mann, sondern eine ganze Epoche als richtunggebend angesehen wird, und Namen wie Correggio oder Raffael an dieser Stelle keineswegs fehlen. Vor allen anderen aber verbindet sich in Wackenroders Gemüt hohe Ehrfurcht vor dem Genius mit entschiedener Mißachtung seiner Nachahmer, deren Methode Vasari offenbar gerechtfertigt fand, wollte er nicht jede weitere Ausübung der Malerei untersagen. Wackenroder spricht deutlich aus, daß er nur ein Original für groß in der Kunst halte, „jämmerlich" werden die Nachbeter genannt, die sich stets zwischen den Extremen hin- und herbewegen, verblaßte Abbilder oder arge Übertreibungen liefern. So schränkt er auch das Lob der reformatorischen Tätigkeit Caraccis in gebührender Weise ein; sie ist ihm bloß Anleitung, die in Verfall geratene Beschäftigung mit der hohen Kunst jener Tage wieder in Fluß zu bringen. So erkannte ja auch Friedrich Schlegels kunstgeübter Blick die mangelnde Originalität dieser Schule (Werke VI, 13): „In der Schule Caraccis finde ich selten ein Gemälde, das mir eine wahre Kunstanschauung und Erweiterung meiner künstlerischen Ideen gewährte," und Wilhelm (Athenäumsfragmente Nr. 178), der die deutsche Malerei der Vergangenheit nur bedingungsweise Raffaels Meisterschaft vergleicht, stehen Dürer und Holbein bereits mit weit größerem Rechte im Vorhofe zum Tempel des Urbiners als der Vertreter deutschen Eklektizismus, der „gelehrte" Mengs.

V

Die Mahlerchronik. „Herzensergießungen eines kunstliebenden Klosterbruders"
nannte Wackenroder sein Werk und machte uns mit der Person des vorgeschützten Verfassers
und seinem Verhältnis zur Kunst bekannt. Gleichwohl werden wir in der Reihe unserer Skizzen,
die teils Künstlerporträts entwerfen oder wunderbare Anekdoten vorführen, teils in freier Form
einer übermächtigen Begeisterung für die Kunst Ausdruck geben, kaum mehr daran erinnert,
daß wir es hier überhaupt mit Aufzeichnungen einer fingierten Person oder gerade eines
Klosterbruders zu tun haben. Der Erzähler hat freilich die Novelle, die dem ersten Kapitel Stoff
lieferte und so treffend seine Anschauungen von Inspiration bestätigte, aus den verstaubten
Schätzen eines Klosterarchivs hervorgezogen, sonst aber, im weiteren Verlaufe der
„Herzensergießungen" fehlt jede Bezugnahme auf den Titel, und nur der herzliche, warme Ton,
der durch diese Bekenntnisse geht, läßt den Titel nicht in Vergessenheit geraten. Erst im
zwölften Kapitel, das eigentlich in den Anfang gehört hätte, erfahren wir, welche inneren
Erlebnisse den Mann, der zu uns spricht, zu seinen Aufzeichnungen führten.

Ein Aufenthalt auf einem gräflichen Schlosse war für das Verhältnis des Neulings zur Kunst
und ihrer Geschichte entscheidend geworden. In echt romantischer Weise schwebt über diesem
Orte ein geheimnisvolles Dunkel. Wir erfahren nicht, wo das Schloß lag, wer seine Besitzer waren
oder was den jungen Mann dorthin geführt hatte; nur soviel erfahren wir, daß dort eine
ungeheure Menge der erlesensten Kunstwerke der Malerei zu finden war.

In kurzen drei Tagen hatte der Jüngling, von dem glühendsten Eifer beseelt, eine solche Fülle
von Schönheit auf sich wirken lassen, daß ihn der übergroße Reichtum an Eindrücken fast seiner
Vernunft beraubt hatte. Ohne Führung und Rat wäre er nicht unterrichteter in Kunstdingen als
früher aus jenen Räumen geschieden, als er plötzlich Gelegenheit finden sollte, an der Seite
eines Kundigen mit mehr Nachdruck, aber auch mehr Maß als früher sich neuerdings in die
großen Meisterwerke des Hauses zu vertiefen. Und nun wird uns dieser Lehrmeister in derselben
geheimnisvollen Art charakterisiert, wie früher die Örtlichkeit. Es ist ein reisender Pater, der nur
begrenzte Zeit auf dem Schlosse weilt; wir wissen nicht, woher er gekommen ist, noch wohin er
sich später wenden wird. Er erscheint, stiftet Wohltätiges und verschwindet, ganz wie ein guter
Geist im Märchen.

Sein dankbarer Schüler hört nie wieder etwas von ihm, sein Schicksal bleibt ihm stets so
verborgen wie sein Name. Durch den Einfluß dieses Mannes eröffnet sich dem jungen Reisenden
bald ein neues Interessengebiet. Jetzt erst kommt es ihm so recht zum Bewußtsein, daß hier
keine Werke des Himmels, sondern Erzeugnisse aus Menschenhänden auf den Betrachter
niederblicken. Solange die Schöpfer dieser Gemälde lebten, war aber in ihnen der hohe Geist
lebendig, den, wie der Pater mit echt Wackenroderscher Frömmigkeit lehrt, der himmlische
Funke in ihnen entzündet hatte. Sie selbst sind nun lange dahin, uns aber umfängt in ewiger
Jugend die Herrlichkeit, die ihre schwachen Menschenhände durch göttlichen Beistand
hervorzuzaubern vermochte. Wer aber das erwägt, gerät in eine aus Wehmut und süßer
Träumerei gemischte Stimmung, die am besten dazu geeignet ist, im Menschen die Anregung zu
„allerhand guten Ideen zu bieten". Damit verbindet sich aber auch das Bedürfnis, Leben und
Charakter der Personen näher zu erforschen, denen die Allmacht diese ausgezeichneten Gaben
verliehen hat. Und so gelangen wir zum Studium der Künstlergeschichte, aus der von dem klugen
Lehrer zunächst die Lebensläufe jener Künstler ausgewählt werden, deren Gemälde sein
Zuhörer in den Sälen des Schlosses bewundern durfte.

Wir werden an Wackenroder selbst erinnert, wenn der Pater bei dem Jüngling besondere
Vorliebe für den göttlichen Raffael entdeckt haben will. Darum weiß er mit keinem besseren den
Anfang zu machen. Die Quelle seiner Erzählungen haben wir wieder bei V a s a r i zu suchen. Der

Chronist versorgt diesmal reichlicher mit biographischem Material, als da uns Raffaels Erscheinung geschildert wurde. Aber aus der Biographie finden bei Wackenroder nur jene Momente Eingang, die den tragischen Gegensatz von Zeitlichkeit des Künstlerlebens und der Ewigkeit der Schöpfungen ins rechte Licht setzen. So weiß der Pater beweglich das Werden und Wachsen des allzufrüh Dahingeschiedenen zu skizzieren und unsere Teilnahme für manchen rührenden Zug im besonderen zu wecken. Mit Benutzung von Vasaris Angaben wird uns die erste Jugend des Künstlers angedeutet. Es wird der zarten Fürsorge gedacht, die dem kleinen Liebling im reichsten Maße von den Eltern zuteil wurde. Nach dem ausdrücklichen Wunsche des Vaters wurde Raffael von der Mutter selbst gesäugt; der zarte, doch geistig hochentwickelte Knabe wurde schon in jugendlichen Jahren ein wertvoller Mitarbeiter für den Vater, der sich, was Wackenroder zu erwähnen vergaß, selbst der Malerei gewidmet hatte. Über die späteren Schicksale Raffaels, die Vasari berichtet, geht Wackenroders Erzählung hinweg.

Was die Jugend und Studienzeit betrifft, so sehen wir nur noch den jungen Raffael zu den Füßen des Pietro Perugino sitzen, dem ihn der eifrig für die Ausbildung des Sohnes tätige Vater als Schüler zuführte, und wie bei Vasari wird das Trennungsweh der Mutter beweglich geschildert. Die Geschichte bestätigt von diesen Erzählungen nur recht wenig. Passavant (Rafael et son père Giovanni Santi I, 27) nahm die Angabe, Raffael sei von der eigenen Mutter gesäugt worden, unmittelbar aus Vasari mit Hinweis auf seine Quelle, ohne genaueres darüber zu sagen. Daß die Mutter ihren Sohn mit Tränen von sich lassen mußte, ist ebenso unwahr als die Mitteilung, Raffaels Vater habe den Knaben noch selbst zu Pietro Perugino gebracht; denn die Mutter starb bereits 1491, der Vater, der sich 1492 zum zweitenmal vermählt hatte, bereits 1494, konnte also, da Raffael bei seinem Tode erst elf Jahre zählte, nur in den Grundlagen der Kunst sein Berater gewesen sein; ein Aufenthalt Raffaels bei Perugino kann aber (Knackfuß, Raffael, S. 2) vor 1500 nicht begonnen haben, da der angesehene Meister vor diesem Zeitpunkte fast ständig außerhalb Perugias beschäftigt war.

Bei Wackenroder wird nun dem Jüngling, der das erste Aufkeimen jener wunderbaren Blüte beobachten durfte, gleich der Tag gezeigt, an dem sie verwelkte; er durfte sich nicht ihres allmählichen Wachstumes freuen, an der Hand eines methodischen Biographen folgerecht fortschreiten. Der Pater fragt den aufmerksamen Zuhörer: „Sage mir, wie wird dir zumute, wenn du das anhörst? Ist dir nicht lieblich und wohl dabei, diese Dinge zu vernehmen?" Aber wie ihm der Reiz, einen großen Mann gleichsam in der Kinderstube zu belauschen, durch diese Frage noch eindringlicher gemacht ist, wird ihm mit fast grausamer Schnelligkeit der Tod des verehrten Meisters mitgeteilt. Er muß es erfahren, daß der Künstler, dem sein junges Herz vor allen anderen entgegenflog, den geernteten Ruhm nur kurz genießen konnte, in bester Manneskraft der Erde entrissen wurde.

Doch ist eine genauere Beschreibung von Raffaels Tod vermieden, ebensowenig einer Krankheitsursache gedacht, die schon früh unter den Chronisten einen Zankapfel gebildet hatte. Vasari und Fornari verzeichneten Raffaels Ausschweifungen als Ursache, Pungileoni, Longhena, endlich im neunzehnten Jahrhundert Passavant ließen Raffael an Malaria zugrunde gehen. Eine solche heikle Frage würde, hätte Wackenroder sie aufgeworfen, nur die hellen Farben des von ihm entworfenen Charakterbildes verdunkelt haben. Der rührend-schöne Anblick des toten Meisters, der da im Sarge schlummert, während sich daneben die Staffelei mit dem jüngst vollendeten Gemälde von der „Transfiguration" erhebt, reizte den Pater zum stimmungsvollen Verweilen in dieser Situation, die man Vasari einfach entnehmen konnte. Auf den Gegensatz von Vergänglichkeit und Ewigkeit, der sich hier offenbart, wird außer der reinen Mitteilung noch nachdrücklich verwiesen. Eine eingehende Beschreibung des Gemäldes, wie sie Vasari (a. a. O. S. 273 ff.) geliefert hat, konnte Wackenroder entbehren, aber trotzdem prägte er für die Hauptgruppen der Figuren knappe, treffende Bezeichnungen.

Dem Elend der Erde (im Gemälde durch die Figur des Besessenen repräsentiert), stellt er den Trost edler Männer (die Apostel) und die Glorie des Himmelslichtes (Christus in hellem Glanz zwischen Moses und Elias über den in künstliches Helldunkel getauchten Gestalten schwebend). Sodann geht der Pater gleich zu Raffaels Charakter über. Der Jüngling, der voll Spannung nach weiteren Nachrichten über Raffael forscht, soll nun das Schönste erfahren, das ihm sein Mentor von dem Künstler zu sagen weiß. Da hebt er denn vor allem die rührende Bescheidenheit des großen Meisters hervor, die so sehr mit der Anmaßung und Originalitätssucht der Zeitgenossen im Widerspruch gestanden sei; er vergleicht, wieder zum Bilde greifend, Raffaels Erdentage mit einem sanft und heiter dahinfließenden Bache. Vasari hat merkwürdigerweise die Bescheidenheit des Meisters nie so recht betont, so genau auch Wackenroders Charakteristik sonst seinen Angaben folgt. Aber der ganz einzigen Gefälligkeit und Dienstbereitschaft, die Raffael anderen gegenüber stets an den Tag legte, vergaß Vasari keineswegs. Ja, er nahm nach Vasaris Bericht, den Wackenroder verwertete, keinen Anstoß, eigene Arbeiten um fremder willen im Stiche zu lassen. Bei Vasari merkt man freilich ein wenig Bedenklichkeit gegen diese Angaben; er fügt ein einschränkendes „man sagt" hinzu, wo Wackenroder frei und sicher wie von ganz authentisch bezeugten Tatsachen redet.

Wichtig ist für uns, daß Wackenroder von Raffaels väterlicher Freundlichkeit seinen Schülern gegenüber ebenfalls bei Vasari lesen konnte. Denn nicht nur an dieser Stelle scheint er daran angeknüpft zu haben. Die Erzählung „der Schüler und Raffael", für die sich eine Quelle aus Vasaris Biographien der Zeitgenossen des großen Urbiners nirgends nachweisen läßt, hat vielleicht von diesen allgemeinen Bemerkungen Anregung erhalten.

Dort sehen wir einen jungen Malschüler, der mit Eifer und Fleiß die Kunst studiert, viele berühmte Meister bereits zu kopieren versucht hat, bei keinem aber auf größere Schwierigkeiten gestoßen ist, als bei Raffael. Er fühlt dunkel einen geheimnisvollen Grund dieser Schwierigkeiten und kann mit sich doch nie darüber ins Reine kommen, worin der ungeheuere Abstand seiner Nachahmungen von Raffaels Gemälden seine Erklärung finde. So faßt er denn endlich Mut, Raffael in einem Briefe um Anleitung zu bitten, wie er ihm ähnlich werden könne. Diese Anfrage tut der Schüler, wie er ausdrücklich hervorhebt, im festen Vertrauen auf Raffaels oft bewiesene Liebenswürdigkeit und Güte, und Raffaels Antwort fällt auch ganz so aus, wie man es von ihm nach den Schilderungen Vasaris und Wackenroders in der „Mahlerchronik" erwarten mußte. Weit entfernt davon, die naive Erkundigung des jungen Menschen lachend oder ärgerlich beiseite zu schieben, würdigt ihn Raffael eines wohlmeinenden Briefes von seiner Hand. Mit der ganzen wunderbaren Unwissenheit manches Genies über die spezifische Beschaffenheit seiner eigenen Größe kann er ihm freilich in der Hauptsache keinen Bescheid geben; er hat stets wie im Traum geschaffen, Ziele und Mittel wurden niemals erwogen. Aber trotzdem will Raffael den wacker Strebenden nicht ohne Trost lassen, und vergißt darum nicht, seinen Fleiß und Kunsteifer zu loben und ihn zu weiterem Studium anzuspornen; dabei zeigt sich wieder die Bescheidenheit Raffaels, die in der „Mahlerchronik" gerühmt wurde. Denn wenn auch dem Schüler der Glaube genommen werden soll, als ließe sich tief aus natürlichen Anlagen hervorgegangene Kunst durch sauren Schweiß erzwingen, so verbirgt doch Raffael gar nicht, selbst durch Nachahmung anderer Meister viel gelernt zu haben, und macht mit Nachdruck auf den hohen Bildungswert solcher Beschäftigung aufmerksam. So hat schon diesem Kapitel der „Herzensergießungen" Vasari vorgearbeitet, und was die „Mahlerchronik" nur in großen Zügen darzustellen unternahm, ist hier mit greifbarer Deutlichkeit in Form eines Beispieles vorgeführt worden. Auch darum ist die kleine Anekdote von Interesse, weil sie sehr hübsche Berührungspunkte mit Goethes „Künstlers Apotheose" aufweist. Vgl. Minors ausgezeichnete Darlegung (Goethe-Jahrbuch X, 226).

Wie ein Triumphator, berichtet Vasari, schritt Raffael inmitten seiner Schüler zu Hofe. Schon früher (a. a. O. S. 250) war bemerkt worden, daß sein imponierendes Wesen keinerlei Zank und Hader unter der Jugend habe aufkommen lassen. Von einem sehr richtigen Gefühl geleitet stellt

Wackenroder die Bemerkung dorthin, wo er den Meister unter der großen Schülerzahl zeigt. Bei der bedeutenden Menge der Jünger wird ihre stete Eintracht besonders auffällig. Zudem ist wieder Vasaris bloß chronistischer Bericht in eine anmutige poetische Form gegossen. Denn wenn Wackenroder (a. a. O.) las, daß die Erscheinung Raffaels unter der Schülerschaft „jede üble Laune schwinden machte" und niedrige Gedanken aus der Seele „verscheuchte", erscheint vor seiner nimmermüden Fantasie sofort ein bezeichnendes Bild: der Geist des großen Mannes schwebt wie eine Sonne des Friedens über den Schülern, und alle Flecken der Seele werden durch ihren Einfluß getilgt. Hohes Können und lautere Tugend verband sich hier zu einer wunderbaren Mischung. Und hatte Vasari die Künstler ermahnt, an diesem Vorbilde zu lernen, was es hieße, Kunst und Sitte zu vereinen, so faßt Wackenroder, die Mahnung verschmähend, seine Mitteilungen mit scharfer Prägnanz in die Worte zusammen: „So wurden sie von seinem Geiste wie von seinem Pinsel besiegt."

Es ist begreiflich, daß Wackenroder nicht darauf verzichtete, eine seltsame Anekdote nachzuerzählen, die deutlich das Walten der Vorsehung über den Werken des Genies dartut. Die Erzählung wurde von ihm selbst als Wundergeschichte bezeichnet, doch versuchte er keineswegs durch vorsichtige Zusätze wie Vasaris bei solchen Gelegenheiten stets gebrauchtes „man sagt" oder „man erzählt sich" die Glaubwürdigkeit des Berichteten in Frage zu stellen. Das Ereignis, um das es sich hier handelt, kann sich mit allen den Seltsamkeiten, die wir in den „Herzensergießungen" kennen lernen, an Abenteuerlichkeit messen.

Raffaels „Kreuztragung Christi" sollte nach Palermo gebracht werden; aber während der Überfahrt wurde das Schiff mit seinem gesamten Inhalte an Menschen und Waren durch einen heftigen Sturm in den Fluten begraben, nur das Gemälde Raffaels gelangte schwimmend bis nach Genua, wo es ans Land gezogen und später an seinen Bestimmungsort gebracht wurde. Dort soll es, wie Vasari sagt, höheren Ruhm genossen haben als der feuerspeiende Berg. Eine genauere Beschreibung des Gemäldes fehlt auch hier; die Vasaris ist, wie uns der Übersetzer dartut, keineswegs einwandfrei. Wir vernehmen überdies, daß Vasari fast alle seine Bilder aus dem Gedächtnisse beschrieb. Wackenroder beschränkt sich darauf, ganz allgemein von einem „kreuztragenden Christus mit vielen Figuren" zu sprechen.

Bei keinem Künstlercharakter, den der geheimnisvolle Mann seinem Begleiter vorstellte, verweilte er mit so viel Liebe als bei dem Raffaels. Hier ließ uns Wackenroder den ganzen Schatz von schwärmerischer Verehrung ahnen, in der sein Herz für den „Göttlichen" schlug. Dagegen nimmt sich nur klein aus, was noch zum Lobe anderer Künstler gesagt wird. Meist wird uns nur eine Seite ihres Wesens enthüllt, meist in Form einer charakteristischen Anekdote, während wir von Raffaels Gemütsart die wesentlichen Hauptzüge freilich ohne Entstellung durch die schlechten Eigenschaften, kennen lernen durften. Im folgenden gewahren wir aber an Wackenroder eine Vielseitigkeit, die ihn auch zu methodischem Studium der Kunstgeschichte hätte befähigen können. Denn von denen, die wir später kennen lernen, ist gar mancher himmelweit von Raffael verschieden; vielen ist der Urbiner der gerade Widerpart. Aber Wackenroder spürte trotzdem unermüdlich nach der „wundervollen Erscheinung", dem Künstlercharakter, und suchte sich bei Vasari, den der Pater als den ältesten und vornehmsten Kunstchroniker hinstellt, stets neue Stoffe.

Unmittelbar auf Raffael läßt Wackenroder allerdings zwei Maler folgen, deren Lebensbeschreibung Vasari nicht geliefert hatte. Domenichino, nicht nur ein glänzendes Beispiel für eisernen Fleiß, der ihn gar oft von früh bis abends an der Staffelei festhielt, auch für bewunderungswürdige Einfühlung in die Gegenstände der Kunst, mußte er aus einer anderen Chronik kennen gelernt haben, und auch des älteren Caracci Meisterschaft, der statt in des Bruders breite Redseligkeit über die Laokoongruppe einzustimmen, mit ein paar Strichen eine erstaunliche Nachzeichnung des Werkes auf die Leinwand bannte, hat Vasari noch nicht verkündet. Dieser Künstler bildet nun den Übergang zu der Reihe derer, die als Beispiele für unstillbare, seit früher Jugend stets rege Liebe zur Kunst aufgeführt werden sollen. Mit einer einzigen Ausnahme ist hier durchaus Vasari Gewährsmann. An der Spitze der Meister, die wir nun kennen lernen sollen, steht der große Giotto di Bondone, der es vom Hirtenknaben bis zum Begründer einer gewaltigen, durch ein Säkulum mächtig wirksamen Schule brachte, nachdem einmal Cimabue an Figuren, die des Knaben spielende Hand in den Sand zeichnete, die große Begabung erkannt und den jungen Burschen zum Schüler begehrt hatte. Von Vasaris Bericht (I, 133 ff.) verschwieg Wackenroder hier nur, daß Giotto die Schafe des eigenen Vaters hütete, also nicht gezwungen war, sich um fremden Lohn abzumühen. Auch andere Berichte ganz ähnlichen Inhalts über Domenico Beccafumi, den Lorenzo mit sich nach Siena nahm, oder Contucci (Andrea dal Monte Sansonino), der an dem reichen Florentiner Simone Vespucci einen Gönner fand und dem Antonio Pollajulo in die Lehre gegeben wurde, stimmen ganz mit den entsprechenden Stellen bei Vasari (IV, 1, III, 312, III, 2 69), nur fehlen bei Wackenroder die Namen der Protektoren. Nur andeutungsweise wird uns ferner von Polidoro da Caravaggios merkwürdigem Lebensgang erzählt. Mit Maurerarbeit am Vatikangebäude beschäftigt, war es ihm vergönnt, die Schüler Raffaels bei der Arbeit zu belauschen; ihr Feuereifer verpflanzte sich auch in seine Seele, und bald entschloß er sich, die Künstlerlaufbahn einzuschlagen. Vasaris längere biographische Arbeit über diesen Meister gedenkt dieser hochinteressanten inneren Wandlung (III, 2 69).

In keinem Maler von allen, deren hier gedacht wurde, sprach sich freilich der heiße Drang zum Künstlerberuf stärker und unwiderstehlicher aus als in JakobC a l l o t . Leider ist uns nicht Gelegenheit geboten, Wackenroders höchst anziehende Schilderung seines Wesens an einem vielleicht recht dürftigen und farblosen Quellenbericht zu messen. Das plötzliche Auftauchen des Niederländers unter der Künstlerschaft Italiens mag vielleicht etwas befremden, aber nebst dem abenteuerlichen Schicksal, das zu einer Erzählung gerade in diesem Kapitel aufzufordern scheint, dürfte wohl auch der mystische Zug in diesem Leben (Callot starb, wie er es sich gewünscht hatte, gerade mit dreiundvierzig Jahren) besonders stark auf Wackenroder eingewirkt haben.

Eine Reihe bedeutsamer Gestalten läßt des Paters Erzählungskunst an seinem Zögling vorüberziehen. Stets sind die Einzelheiten von ihrer besonderen Seite interessant; zu allen finden sich leicht und ungezwungen die Übergänge. Von den Meistern, deren Gemälde im Saale hängen, und die ihrer Individualität nach wie Domenichino oder Caracci mit wenigen, treffenden Zügen charakterisiert werden, kommt man zu den Giotto, Caravaggio und anderen durch einfache, natürliche Überleitung, nicht an der Hand doktrinärer Erörterung. Dem wißbegierigen Jüngling drängt sich von selbst die Frage nach jenen auf die Zunge, die schon von frühester Kindheit an ihr Ideal in der künstlerischen Produktion gesehen hätten. Spricht also hier auch vorwiegend e i n e Person, so wird doch der Ton des Wechselgespräches nie ganz aufgegeben. So sehr wechseln die Kunstmittel, daß die nächste Wendung des Dialoges wieder durch den Pater herbeigeführt wird. In seinem Geiste, der sinnend unter so vielen Lebensschicksalen umherschweift, reihen sich die Glieder der Rede leicht aneinander. Wir hörten von Männern, welche die Kunst früh an sich lockte; nun wird uns folgerecht gezeigt, wie sie den festzuhalten weiß, der sich ihr ergeben hat, ihm selbst aber in entscheidenden Lebenslagen reichen Nutzen stiftet. So gelangt die Erzählung von den abenteuerlichen Wanderungen Callots zu dem abtrünnigen und reuig wiederkehrenden Kunstjünger Mariotto Albertinelli, sodann zu der wunderbaren Lebensrettung des Parmeggiano.

Mariotto Albertinelli vermochte infolge seiner unruhigen Gemütsart auf der einmal betretenen künstlerischen Laufbahn nicht auszuharren. Eines Tages legte er den Pinsel nieder und ergriff den bürgerlichen Beruf eines Wirtes. Aber es war eine Selbsttäuschung von ihm, als er alle und jede Kunstliebe in sich erstorben glaubte. Die halb verlöschte Begeisterung flammte neuerdings empor und führte ihn der ehemaligen Beschäftigung wieder zu. Albertinellis Abfall von der Kunst wurde von Vasari (III, 1 135) in erster Linie auf seinen Hang zur Sinnlichkeit und Leichtlebigkeit zurückgeführt, die reine Geistestätigkeit mit all ihren mannigfaltigen Mühen und

Beschwerden sei daher seine Sache nicht gewesen. In zweiter Reihe hätten dann die fortwährenden Anfeindungen seiner Berufsgenossen gestanden. Ganz so verhält es sich auch in Wackenroders Darstellung, wieder hält Unruhe, lebhafte Sinnlichkeit vom ernsten Studium der Kunst ab, aber es ist bemerkenswert, daß hier ganz bestimmt von den mechanisch-technischen Angelegenheiten der Malerei die Rede ist, während Vasari diese besondere Seite nicht hervorkehrt, wiewohl auch bei ihm der Gastwirt Albertinelli hauptsächlich froh ist, nunmehr der Sorge um Muskeln, Verkürzungen, Perspektive, also rein technischer Dinge, überhoben zu sein. Bald eines Studiums überdrüssig, das ein Lionardo oder Michelangelo ein langes Leben hindurch mit nie erkaltendem Eifer trieben, wollte Albertinelli, wie Vasari sagt, einer Kunst dienen, die Fleisch und Blut der Menschen vermehren könne, nicht bloß nachzubilden suche.

Wackenroder, der mehr nach Lebendigkeit strebend, Mariotto selbst in direkter Rede sprechen läßt, bedient sich ganz derselben Gegenüberstellung und macht endlich, ganz wie Vasari, als Hauptgrund geltend, daß Mariotto sich nunmehr aller Anfeindungen überhoben gefühlt habe. Die Motivierung der neuerlichen Umkehr zur Kunst ist auch Vasari entlehnt, aber der Gedanke in schönerer, weihevollerer Weise ausgesprochen: hier steht auf einmal die ganze Erhabenheit des früheren Berufes vor den Augen des Abtrünnigen, dort ist es einfach die Niedrigkeit des eigenen Gewerbes, die allmählich drückend wird. Für die Beurteilung von Wackenroders Stil ist es auch von Wichtigkeit, daß die neue Wendung, wie schon öfters, durch einen eingeschobenen, spannungerweckenden Satz erst vorbereitet wird: „Aber was geschah?" fragt Wackenroder den Leser, der soeben den früheren Maler voll Entzücken über den neuen Beruf gesehen hat, und führt ihm nun die neue Folge der Ereignisse vor.

Wie ein Werk Raffaels durch Wogen und Stürme ans Land kam, so behütete auch den berühmten Francesco Mazzuoli aus Parma, genannt Parmeggiano, seine Kunst vor dem Tod von Feindeshand, dem so viele seiner Mitbürger beim Einzüge Karls des Fünften (1527) zum Opfer fielen. Die rohen Söldner wagten nicht, den Meister zu berühren, so gefesselt waren sie von dem mächtigen Eindrucke der Vision des „heiligen Hieronymus", an der Parmeggiano, des Kriegslärms nicht achtend, ruhig fortmalte.

Wackenroder hat hier auf eine von Vasari mit kluger Berechnung eingeführte Wirkung verzichtet. Er spricht nur von den Plünderungen überhaupt, ohne, wie Vasari dies tut, nachdrücklich zu betonen, daß andere Künstler in der Stadt unbarmherzig niedergemetzelt wurden. Daß der einzige Parmeggiano hier eine Ausnahme bildete, ist um so wunderbarer, wo die Pietätlosigkeit gegen Kunst und Künstler besondere Erwähnung findet. Die Umwandlung in den Gemütern der Soldaten tritt auch bei Wackenroder unter dem unmittelbaren Eindrucke des Kunstwerkes zutage, doch weicht er darin etwas von Vasari ab, daß er die nicht geringe Geistesbildung der Soldaten, die nach Vasari manches zu ihrer Besänftigung beitragen mochte, ganz außer acht läßt, und so durch bloße Erwähnung der Tatsache, daß selbst so ganz verwilderten Gemütern die Bewunderung vor dem hohen Fluge von Parmeggianos Talent die Mordwaffe entrang, wieder bedeutsameren Effekt erzielt. Die wunderbare Hoheit der Erzählung nicht zu beeinträchtigen, übergeht er stillschweigend die weit prosaischere Fortsetzung der Erzählung, die der Historiker nicht verschweigen durfte. Der Kunsteifer eines Söldnerführers war gar zu groß: Parmeggiano mußte sich, wie Vasari berichtet, dazu verstehen, für ihn eine ganze Menge von Aquarellen und Federzeichnungen auszuführen, und bei anderen, härter veranlagten Soldaten, als jene es gewesen waren, half ihm nur klingende Münze vor dem sicheren Untergang.

Die einzelnen Entwicklungsfasen der vorhin geschilderten, dramatisch bewegten Szene begleitet bei Wackenroder eine vorzügliche stilistische Wiedergabe. Solange die Plünderung anderer Häuser, die ruhige Arbeit des Künstlers an der Staffelei geschildert wird, herrscht durchweg der gleichmäßige Fluß des Imperfekts; erst als die Soldaten ins Arbeitsgemach dringen, springt die Darstellung mit einem Schlage in die Präsensform über. Der Höhepunkt der

Erzählung tritt in dem Augenblicke ein, als die Soldaten lärmend und tobend ins Zimmer gestürmt kommen, Parmeggiano aber ruhig bei der Arbeit bleibt. Das eingeschobene „Siehe!" ist abermals ein recht glückliches Spannungsmittel. Die glückliche Lösung wird in treffender Weise wieder im Imperfekt erzählt.

Die Überleitung zur letzten Gruppe bringt einen scharfen Stich gegen die Aufklärung. Hier führt eine Frage des Novizen die Gesprächswendung herbei: Ob denn immer die rechte Gottesfurcht den Meistern den Pinsel geführt habe? Ob das kein Märchen sei, wie mehrere Leute behaupteten? Diese „Leute" waren ja schon in jenem Kapitel, das von Francesco Francias Tode handelte, zurechtgewiesen worden, da sie in ihrer nüchternen Denkungsart den Meister an Gift umkommen ließen, und die rechte Gottesfurcht forderte Wackenroder ja immer wieder von dem Beschauer, der demütig anerkennen müsse, daß die Kunst über dem Menschen sei und einer durchaus geheimnisvollen Quelle entfließe. So stellte Wackenroder auch die Meister der Frühzeit, die tiefe religiöse Gesinnung verrieten und ihre Begabung in erster Linie religiösen Stoffen dienstbar machten, weit über die späteren, deren vordringlicher Farbenglanz ihn abstößt. „Sie machten die Mahlerkunst zur treuen Dienerin der Religion, und wußten nichts von dem eitlen Farbenprunk der heutigen Künstler", also ein Anathem auf die spätere Produktion, im Sinne Friedrich Schlegels, der, höchst einseitig und herb urteilend, die „Malerei aus Helldunkel, Schmutz und Schlagschatten" in Bausch und Bogen ablehnte. Da hat sich doch auch Wackenroder, so allseitig und objektiv wir ihn sonst fanden, von einer gewissen Prinzipienreiterei nicht freimachen können.

Es wird uns nun zunächst ein Maler vorgeführt, den Vasari ziemlich stiefmütterlich behandelte. Wir suchen vergeblich nach einem besonderen biographischen Abschnitte, der Lippo Dalmasi gewidmet wäre, und entdecken ihn endlich im Anhange der Lebensbeschreibung seines Namensbruders Lippo aus Florenz, wo ein paar armselige Zeilen auf ihn gekommen sind. Lippo Dalmasi malte um 1407 eine Madonna, die sehr im Ansehen stand; doch weiß Vasari nichts davon mitzuteilen, daß sich eine Kopie dieses Bildes in den Privatgemächern des Papstes Gregor des Dreizehnten befunden habe. Wackenroder muß dies einer anderen Quelle entnommen haben; er hält sich nun bei diesem Künstler nicht weiter auf und geht rasch zu einer der sympatischsten Erscheinungen der damaligen Zeit, dem liebenswürdigen Dominikaner Fra Angelico da Fiesole über, dem eine warme, herzliche Würdigung zuteil wird. Die anspruchslose Selbstgenügsamkeit dieses Mannes, seinen stillen, bescheidenen Charakter, seinen strengreligiösen Lebenswandel feiert Vasari in der Biographie (III, 1, 324) und führt als vorzüglichstes Beispiel für seine Abkehr vom öffentlichen Leben noch besonders an, daß er die Würde eines Erzbischofs, zu der ihn der Papst ausersehen hatte, ausdrücklich ablehnte.

So weit stimmen diese Berichte ganz zu den entsprechenden bei Wackenroder; nun teilt aber Vasari einen Zug mit, der uns auch die wunderbare Herzensgüte Fra Angelicos charakterisiert; es ist schwer zu begreifen, daß ihn Wackenroder verschwieg. Die Ablehnung der Bischofswürde gab dem herrlichen Mann zugleich Gelegenheit, ein wohltätiges Werk zu tun, denn er bat den Papst, dem Frater Antonio von Florenz die ihm bestimmte Ehrung zukommen zu lassen. Vasari nahm Gelegenheit, der Geistlichkeit seiner Zeit diese Geschichte als nachahmenswertes Exempel hinzustellen, und betont zugleich, also ganz im Wackenroderschen Sinne, daß Frömmigkeit und Gottesfurcht Fra Angelicos Künstlerberuf erst recht gegründet hätten. Auch hierin zeigt Vasari eine Spur Wackenroderscher Empfindungsweise, daß ihm aus den Engelsköpfen von Fra Angelicos Gemälden dieselbe Anmut entgegenstrahlt, wie sie die Himmelsherrlichkeit über die Werke der natürlichen Schöpfung ausgegossen hat. So wünscht er endlich auch für den Beschauer religiöse Sammlung, bevor er das Gemälde auf sich wirken läßt, und reiht daran noch einen anderen Gedanken, wenn er die würdigen Betrachter jenen gegenüberstellt, die bloß gemeine Sinnlichkeit erfüllt. Eine wahrhaft religiös gestimmte Seele lasse solche Empfindungen nicht in sich aufkeimen.

Skeptisch zeigt sich Vasari nun allerdings gegen eine seltsame Erzählung, die zu jener Zeit Fra Angelicos frommen, gottergebenen Sinn deutlich machen sollte. Er habe nie eine Arbeit begonnen, ohne vorher gebetet zu haben, und wenn er ein Kruzifix gemalt habe, seien ihm jedesmal die hellen Tränen über die Wangen gelaufen. Wir können nicht beurteilen, wie sich Vasari zu ähnlichen Anekdoten, wie sie z. B. über Domenichino in Schwang waren, verhielt; für den letztgenannten war er ja auch nicht Wackenroders Gewährsmann.

Wackenroder selbst zweifelt jetzt so wenig wie damals an der Wahrheit des Berichtes. Ein Beispiel, das so geeignet war, der Charakteristik Plastizität zu geben, vermochte er weder zu übergehen, noch durch Einschränkungen oder spätere Berichtigungen in seiner Wirkung zu beeinträchtigen. Die Polemik antizipierend, betont er nachdrücklich, was er erzähle, sei keineswegs ein Märchen, sondern die reine Wahrheit. Den Bericht, Fra Angelico habe stets beim Malen eines Kruzifixes Tränen vergossen, wagt Vasari nur mit der Einkleidung „einige sagen" aufzunehmen; Wackenroder leitet ihn, obwohl er es als Tatsache hinstellt, durch ein vorsichtiges „manchmal" ein. Eine Nachricht Vasaris, Fra Angelico habe niemals ein bereits vollendetes Gemälde noch einmal vorgenommen, kam Wackenroder besonders gelegen; die erste Eingebung des Himmels war für Fra Angelico entscheidend; er führte seine Arbeit aus, „ohne weiter darüber zu klügeln und zu kritisieren". Und es ist wiederum bezeichnend, daß Wackenroder, dem Vasari unähnlich, seine Darstellung ganz im Lichte allgemeiner, objektiver Gültigkeit zu halten bemüht ist, während der Chronist Fra Angelicos Verhalten zu Nachbesserungen ganz aus seiner subjektiven Ansicht heraus erklärt.

Daß nun gerade hier die merkwürdige Erzählung vom Tode des Spinello ihren Platz findet, erzeugt eine vorzügliche Gegenwirkung zu der schönen Ruhe, die aus den Mitteilungen über Fra Angelico spricht. Auf einem Gemälde (bei Vasari I, 382), das den Engelsturz darstellt, gab Spinello dem Lucifer die Gestalt eines monströs häßlichen Tieres. Im Schlafe erschien ihm nun Luzifer, ganz wie er auf dem Bilde porträtiert wurde, und fragte ihn, warum er ihm denn eine so fürchterliche Gestalt gegeben habe. Spinello erwachte unter heftigem Zittern, so daß ihm seine Frau erschrocken zu Hilfe eilte. Trotz dieser gewaltigen Gemütserschütterung und seiner vorgerückten Jahre starb er aber doch nicht auf der Stelle, doch für den Rest seiner Tage war jede Heiterkeit dahin. Er erschien seiner Umgebung wie geistesabwesend und richtete seine Augen mit stierem Ausdruck auf den Besucher. Das entsetzliche Erlebnis hatte ihn vollständig gebrochen. In dieser Form erzählt Vasari diese Geschichte, und Wackenroder hat sich hier mit großer Genauigkeit an den Quellenbericht angeschlossen. In der Beschreibung des Gemäldes ist deshalb kein wesentlicher Unterschied zu Vasari bemerkbar, weil sich dieser wie Wackenroder auf die kurze Andeutung der Hauptgruppen beschränkte. Oben in der Luft kämpft der Erzengel Michael mit dem siebenköpfigen Drachen, unten ist Luzifer in Gestalt eines gräßlichen Ungeheuers. So steht die Schilderung in beiden Darstellungen. Daß bei Wackenroder von den zehn Hörnern des Drachens nichts zu lesen ist, ist belanglos. Wichtiger aber ist, daß Wackenroder mit gutem Geschick auf den schaudererregenden Klang von der Stimme jenes Ungeheuers aufmerksam zu machen sucht, wenn er betont, Luzifer habe „fürchterlich" gefragt. Auch das ist zu trefflichster Wirkung eine Neueinführung Wackenroders, daß der Maler unter der Übergewalt des Eindruckes vergebens bemüht ist, ein Wort hervorzubringen. Ganz im Tone der Wundergeschichte klingt endlich die Schlußbemerkung, wo Wackenroder aus der „Neuen florentinischen Ausgabe" eine Anmerkung verwertet (s. Einleitung S. 33): „Das wunderbare Gemählde aber ist noch heutiges Tages an seiner alten Stelle zu sehen."

Hier schließen wir. Was noch in den „Herzensergießungen" folgt, hat mit Vasari nichts zu tun. So sahen wir denn einen Künstler und Chronisten der italienischen Renaissance mit einem Vertreter von Deutschlands romantischer Schule ein gemeinsames Feld betreten. Wir sahen die beiden bald Hand in Hand gehen, bald jeden seinen eigenen Pfad suchen. Wo sie sich trennten, war es die Folge ihrer Individualität, nicht zum wenigsten aber des Unterschiedes ihrer Zeiten.

Sie haben mit den Künstlerporträts, die sie entwarfen, auch ihre eigenen Epochen mit abgezeichnet.